会飞的父亲

李洁

著

四川人民出版社

图书在版编目（CIP）数据

会飞的父亲 / 李浩著. —— 成都：四川人民出版社，
2025. 1. —— ISBN 978－7－220－13963－5

Ⅰ. I247. 7

中国国家版本馆 CIP 数据核字第 202438SA17 号

HUIFEI DE FUQIN

会飞的父亲

李　浩　著

责任编辑	王　雪
责任校对	申婷婷
封面设计	张　科
内文设计	张迪茗
责任印制	祝　健

出版发行	四川人民出版社（成都三色路 238 号）
网　　址	http://www.scpph.com
E-mail	scrmcbs@sina.com
新浪微博	@四川人民出版社
微信公众号	四川人民出版社
发行部业务电话	（028）86361653　86361656
防盗版举报电话	（028）86361653
照　　排	四川胜翔数码印务设计有限公司
印　　刷	成都国图广告印务有限公司
成品尺寸	143mm×210mm
印　　张	7.75
字　　数	120 千
版　　次	2025 年 1 月第 1 版
印　　次	2025 年 1 月第 1 次印刷
书　　号	ISBN 978－7－220－13963－5
定　　价	48.00 元

会 飞 的 父 亲

目　录

CONTENTS

「会飞的父亲」

一　迷宫里

他是我一生的噩梦。现在，我终于可以摆脱他了。

这是我母亲所说的最后一句话，她为说出这句话积攒了力气，而这句话，足够让她把自己全部的力气用完，从此干瘪下去，再无半点儿的力气。我母亲说这句话的时候他并不在，我母亲说他并不在意她的生死，对他来说她这个不停地咳嗽几乎要把自己的胃、自己的心和胸腔、腹腔里的一切器官都咳出来的病女人，只是一团肮脏的赘肉，能让亡灵之神赫耳墨斯帮助他清除其实是件求之不得的好事。母亲说得咬牙切齿，那时她的力气还多一些，尽管这些力气会慢慢地被她的咳嗽所耗尽。

愿她安息。愿她在通往冥府的路上不会遇到那条叫刻耳柏洛斯的狗，遇到的时候它的三个头也都是睡着的。我母亲把自己交给死亡，已经有两年零三个多月了，我觉得她在冥河的那边不会比在这端更觉得孤单和寒冷。她不会再次死于心碎，我觉得。

愿她安息。她可能猜不到，我们已经被国王封闭在迷宫的里面。这座迷宫，就是他所建造的，现在，他就睡在我的身侧，打着充满了暖乎乎臭味的鼾。在冥河那端获得了安息的母亲也许并不关心这些，她或许会说，伊卡洛斯，离开他吧，你是沾染了母亲心性的人，母亲的心性会让你裂成两半的。离开他吧，越远越好，尽管他是你的父亲，他也给了你一半儿的血。她或许会哭泣着说，儿子啊，那个虚荣的罪人最终连累到你啦。我就知道会这样。

听着身侧暖乎乎、有臭味的鼾，我同时听到一声叹息。它来自我的母亲，或者说与我母亲很像很像的声音。这声叹息来自另一侧，它更黑暗些，仿佛真是从地下发出的。我坐起来，朝着那个方向，但声音在黑暗中消失得很快，瞬间便没有了踪迹。

——你在干什么？鼾声停止了，他翻了翻身子，把鼾声的尾音压在身体下面。睡觉。他说，只有克里特的石柱可以整夜不睡。而你不是。

　　我当然不是石柱，但我生活在克里特岛上，甚至会永远固定地生活在这里，国王的迷宫让我和他都无法摆脱，在这点上我又像他所提到的石柱。想到被困，我心底的怨愤来了，于是我故意加高了音量："父亲，我睡不着。我感觉自己看到了母亲，刚才，她还叹气来着。"

　　——算了吧。她早就死了。就算她是个瘸子，也应该早就爬过了冥河。我的父亲，这个一直被母亲称为"他"的人伸出手来，把我按倒：睡觉吧，别再理会那个讨厌的死人，她纠缠你的时间已经够久了。她如果真的是为了你好那就不该不把自己的脚印全部收走。别人的死亡都是那样。

　　"可是……"我想了想，又把"可是"后面的句子咽回到肚子里。它也许是会激怒我的父亲的，被激怒的父亲总是让我恐惧，一直如此。

　　其实，不被激怒的父亲也让我惧怕。

二　在克里特的家中

　　——你惧怕我什么？有一次，我的父亲携带着他厚厚的阴影问我，那时候他的手里只有一个用狼的胃缝制的酒壶。

"没，没什么。"我不知道该怎样回答。但我的双腿已经颤抖起来。

——本来，你是可以成为我一样的人的，他用一根手指重重地敲了一下我的额头，可你太懦弱了。我都怀疑，你是不是代达罗斯的儿子。

"父亲，我是你的儿子，我怎么可能不是你的儿子呢？"我的眼里满是泪水，我觉得委屈，我觉得他会把我抛到大门的外面去，就像几天前他把孤苦的赫卡柏大婶赶到雪地中去一样。"我是你的儿子啊，父亲，他们都说我的眼睛像代达罗斯的，它有厄瑞克族人的特征……"

已经微醺的他根本没有在听，而是撩开悬挂着绘有帕拉斯神像的羊皮门帘，拖拖拉拉地走进去。那里面立即有了让人厌恶的欢声笑语，我母亲在另一间房里的咳也影响不到他们了。她咳得撕心裂肺，我能听到她的内脏在撕裂中的声响。

那年，我七岁。

后来在我九岁的时候他又一次问我，你惧怕我什么？为什么在我的面前，你总像一只遇到了猫的老鼠？

　　我忘了那次自己是怎么回答的，但记下了他的提问。

　　我记得那天，他把我从厨房边上的陶缸后面拉出来，几乎要把我的耳朵拉长了，我耳朵的边上有一条疼痛的线一直疼到最小的脚趾。那天他没有喝酒，也没有带回用鲜花、枥树树枝和毒蛇蜕掉的皮做胸前装饰的女人——告诉我，你为什么总是躲着，为什么会惧怕我？

　　我忘记了那天是怎样回答的，我能记得的是，他又狠狠地抽了我一记耳光，直到第二天我的脸腮还有火辣辣的痛。我能记得的是，我的母亲也跟着流下了泪水，这个残酷的厄瑞克人，他的心是用毒蛇的毒液泡着的！而等她说完，我的父亲突然出现在门口。这一次，他倒没有对我母亲动手，只是用一种寒冷的语气对她说，不许在他面前提到蛇，世界上没有这种奇怪的动物。如果她一定要提，那，她会首先变成这样的动物。"我会把这个有厄瑞克血统的傻子带回雅典的，在那里，他会吐出属于你的全部血液，再不与你相认。"

　　父亲说。说完，他踢了我一下——滚一边去，我最讨厌哭出鼻涕来的男人！我怎么会有这样一个软弱得像鼻涕一样的儿子！你最好滚得远一点！

——你惧怕我什么？

再次问起我这话的时候我的母亲已经死去。他没有
等我回答就摆了摆手，算啦。我已经很累啦。你知道，
我在为弥诺斯国王建造。真是个大工程！你的父亲，代
达罗斯，本质上是在为自己建造！你这个傻瓜，是不会
懂得的。

已经喝醉的他有些沮丧。你说，你惧怕我什么？难
道弥诺陶洛斯会跟在我的身后？本来，儿子，我是准备
把我的一切手艺都传授给你的，包括我的荣耀。为了这
份荣耀你的父亲愿意奉献一切。已经喝醉的他有些沮
丧，他脱掉一只鞋子坐在我母亲曾用过的枕头上——要是
塔洛斯在……

他没有说下去。他突然地，哭泣起来。

三　在克里特的家中

这并不是我父亲第一次提到塔洛斯。

虽然这个名字仿佛禁忌。

和这个名字一起成为禁忌的还有锯子——在我们的家

中，从来没有任何一把锯子的存在，虽然克里特岛上的人都说这属于他的发明。可他没有带回过任何一把锯子，这，可不是我父亲的风格，他是一个极为在意声誉的人，尽管我的母亲并不这样看。在我母亲的眼里……

还是先说塔洛斯吧。

我第一次听到塔洛斯这个名字，是在一个月光很好的晚上，那时我只有五岁。我听见父亲用一种几乎是哀求的语调在说，塔洛斯，你听我说，塔洛斯，我，我当时……

他是在和院子里的影子说话。他以一种我从来没有听过的，低矮的语调。月光能清楚地照见他对面的那条灰影子，那条影子看上去要更矮小一些，以至我的父亲不得不弯起腰和它说话。塔洛斯，你知道我是……我教给你好多的东西你不会忘记这些吧，你是我最好的学生，何况还是我的侄子。我知道你不肯原谅，我知道，我也很是惶恐，即使雅典法院不做出那样的判决我也很是慌恐的，毕竟是我造成了后果……塔洛斯，是的我承认我妒忌了，妒忌女神把她的毒汁滴进了我的酒碗而我又是一个习惯贪杯的人。我妒忌你的……

我不能说这些完全是我记下的，我在那个年龄应当不可能记得如此清晰，可是每次回想起来我都感觉那个场景是清晰的，包括我父亲说过的每一句话，我不知道这是不是月亮女神阿尔忒弥斯的旨意。我甚至能记起在那个晚上父亲所穿的衣服和鞋子，月光赋予它们很不同的颜色，显得有些寒冷。

我能记得那样清楚也许是因为受到了惊吓，我吓得哭起来，本想撒在院子草地上的尿也全部撒进了裤子。

——伊卡洛斯！你在干什么？父亲回过身子，他冲着我大声叫喊，藏在栎树里的鸟儿都被他的叫喊惊到了，它们猛然地飞走，被头上的树枝撞掉了不少的羽毛，可那条影子并没有离去。直到我母亲点亮了屋里的灯，直到她和仆人们都集中到院子里。这时，那条影子才从院子的月光下面走出去，它走的时候甚至还撞了我一下。第二天早上，仆人们在打扫院子里发现这条影子走过的地方留下了一块块腐烂的肉，散发着难以掩盖的恶臭，我父亲不得不命人换走了院子里的土。

第二天早上的发现我是后来听仆人们说的，在晚上回到房间的时候我就开始发烧，在梦里反复经历着我所见到的情景，不过到最后那条影子并不是走出院子而是冲着我喷出愤怒的火焰。后来我还听仆人们说，第二天早上我母亲在水瓮边碰到了并没有真正离开的影子，这条影子正在试图把掉在地上的碎肉们一一找回，贴到身上去。他们还说，过了两个晚上，我母亲再次遇到了那条影子，它正在用地上的荒草结成绳索，试图把自己扎得紧一些，当我母亲看过去的时候它显得格外忧伤。又有一个下午，我母亲从我的房间里出来时再次遇到了它，它正在雨中徘徊，一副一筹莫展的样子，它的这个样子也深深地感染到我母亲，她捂着脸蹲在院子里，悲伤地哭出声来。

那些日子我一直在发烧，沉陷于昏迷。我并不知道自己沉睡了多久，醒过来的时候已经是个晚上，"好啦，终于醒啦，感谢弥诺斯国王！感谢祭司菲利门带来的葡萄！"——至今，我也不知道那么飘渺的声音是从谁的嘴里发出的，似乎并不出自于我的母亲也不出自于仆人们。

塔洛斯，那个叫塔洛斯的影子在我重新醒来之后也就消失了，再也没有出现过，连同它的名字。这个名字成了禁忌。直到我母亲死亡，她也没有再次提起塔洛斯，仿佛这个名字和那些记忆都只是我的臆想，只是让我恐惧的噩梦。

四　克里特城堡

塔洛斯被抹掉了，父亲铲除了院内的杂草，重新铺上新土，并在地面砌上雕有橄榄枝和斗鸡图案的青砖——做完这一切之后那个秃顶的菲利门又一次来过，他带来的是一种暗红色、有些混沌的水，这些混沌着的水被他精心地洒在斗鸡图案上……从此之后，塔洛斯便被抹掉了。

可同时被抹掉的还有我的父亲，只剩下了他，后来我母亲嘴里的他——厄瑞克族人，天才，雕刻师，建筑师，脾气暴躁的酒鬼，爱慕虚荣的人，厚颜无耻的人，国王的走狗，谄媚者，意志坚定的人，思想者……他还会不时地出现在我们的家里，但有了变化。

譬如他会多日不肯回家，借口是，他在为弥诺斯国王做事：建造水池，宫殿，城堡，修筑通向厄里山斯山山顶的道路……后来他的借口越来越少，但不回家的时候却越来越多。最后就连我的母亲都听到了这样的消息：他在和住在克里特玫瑰街的妓女们鬼混，借以打发让他厌恶的漫漫长夜。

譬如他喝醉的时候越来越多，他变成了一个酒徒，一个酒鬼。他宣称，他曾和狄俄尼索斯一起饮酒，而最先倒下的却是作物之神。整整一夜的时间，那位作物之神都找不到返回丛林的路，而他却跌跌撞撞地返回到自己的床上。"我不会输给任何一个人，哪怕他是……"酒意让他昏睡过去，打起充满气味的鼾。

他说自己没有输给狄俄尼索斯，但却遭到了惩罚，那就是，他成了一个离不开酒的酒徒。酒使他的手脚发软，可他在不喝酒的情况下这种现象更甚。他只得把自己泡进酒里。

譬如，他开始恶狠狠地对待仆人们，对他们咒骂或者实行鞭笞，只要稍不如意。他也开始使用这样的方式对待我和我的母亲，我们不得不接受他的拳头、鞭子和咒骂，只要稍不如意。他从"丈夫"和"父亲"变成了"他"，一个我们没有见过的恶魔——这都是那个不能再说的塔洛斯所引起的。父亲的禁忌也一下子多了起来，我们不能再提塔洛斯，不能拥有锯子，不能提到月亮和石头，不能提到雅典，后来发展出的禁忌还有城堡，坠落，胆小的人，徒弟，影子……

他开始带女人们回家。在我母亲病后更是如此，有一次，我听见他说，这并不是出自于他的意愿，但，他不能不如此——这话是对我母亲说的，换回的是母亲从牙缝里挤出的冷笑。为此，恼怒的父亲抓住母亲的头发，将她拉到门外，从石阶上推下去……他还不许任何人靠近，包括我。"你会遭受惩罚的，邪恶的厄瑞克族人，厄里倪厄斯一定不会轻易饶恕你的这种举动。"母亲一边擦拭着额头上的血一边试图爬起来，可我父亲，已被恼怒烧红了脸的父亲又把她踹倒在地上——放心吧，丑女人，我不会遭受到任何惩罚，除非这一惩罚来自于弥诺斯国王。复仇女神是不会为难到我的，因为我是阿佛洛狄斯的仆从，我从来没有少过给她的献祭！

你这个丑女人，什么都不知道！你根本也不想知道！他恶狠狠地摔门而去，我们都以为他在那天是不会回家来的，不会，然而我们都想错了。

半夜。我正经历一个噩梦，在梦中我被封进了果壳，一个持有大锤的铁匠正准备把这枚果壳狠狠砸碎，这时父亲来了。他叫我：起来。跟我走。他的话语里满是葡萄酒和胃液浑浊着的气息。

我是第一次在夜间登上克里特城堡，负责守卫的士兵们似乎都认识我的父亲，在他经过的时候都向他行礼，装作闻不到他所携带的酒气。

这里是我所建造的，他说。这里也是。还有这里。我几乎为国王建造了整座克里特城！这座坚固无比的新城，只取了旧城很少的一部分土，一部分土，你懂吧。

他指着远处：那座高楼，是我建的。我以为国王会把它当作图书馆，然而后来它的用途是行刑台。我为这座行刑台建造了三种刑具，在这个世界上没有比它们更完美的了。远处，一片黑暗，我看不清高楼的位置。

他指着远处，那里，有四根巨大的柱子，柱子的顶端是雕刻完美的石龛，我原以为国王会在石龛里放进灯盏，没想到的是，国王放在石龛里的是犯人们被砍下的头。没有人知道弥诺斯国王的心思，他的心思是不能被猜透的。父亲连打了三个酒嗝，他小声说，这，也许是国王的恼怒，他可不希望别人在背后这样说他，即使是我。——你看到了没有？就在那里。

我没有看到。那个远处也属于黑暗，只有一片一片来回涌动的黑暗，我无法找到石柱和石龛的位置。

"父亲，这里有些凉。我们……我们不如回去吧。"

可他在前面走着，没有停下来的意思。我只好跟了上去。

　　——你为什么不自己回家？你不是和你母亲一样怨恨我么？他问。他并没有回头。有时候我会一个人在城堡里到处走走，就一个人，一直走到天亮，然后回到雕石馆那里去。我本来想把我的手艺全部传授给你的，伊卡洛斯，可你太让我失望了。我记得你在石雕馆里……

　　"你嫌弃我太笨，父亲。你说，你想把我的手砍下来，把木头装上去都比原来的这双手灵活，要不是克宇克斯叔叔拼命拦着，你就真的这样做了，父亲。"

　　——你应当很恨我吧，伊卡洛斯。你会不会想，把我，从城堡的墙上推下去？你可以想一下。有时我也觉得自己挺招人恨，似乎谁都有恨我的理由。从墙上摔下去，砰！我会大于现在的自己五倍，而血，会溅到城墙的上面来，它和我的建造融在一起……应当也是不错的，你说呢，儿子？

　　"我从来没有这样想，父亲，我向阿波罗神庙的台阶发誓，我从来没想过谋害自己的父亲，一次也没有过。"

　　——你其实可以想一次。我的父亲站在城墙的边上，向城堡下面望去。

五　克里特雕石馆

后来我才知道，父亲那时正受着煎熬。他的胸前和后背有着两块烧得火热的铁。

他接受了弥诺斯国王的新任务：为伟大的克里特帝国制造一个能一次绞死十二个人的绞刑架，因为国王遭受了十二个人的冒犯，让他震怒不已，于是他决定将这十二个人一起处死，并向其他的人发出警告。

那十二个人：一个是典狱长堤丢斯，他提醒国王他的监狱里人口实在众多几乎可以再建一座城市了，而解决人满为患的方法是释放一些罪过较轻的人让他们改正——弥诺斯国王绝不接受这样的解决方式：你这是鼓励犯罪！任何犯罪都不会得到律法的允许，这，你应当清楚！提出这样的要求无疑是对法律的不敬，无异于谋反！你违背了国王的意志！将要处死的还有预言家苏格拉底，据说他是个不敬神的人，一直向青年人的脑子里灌输引起混乱的东西……有三个士兵，他们分别是赫克托耳、埃利阿斯和提拉蒙，他们竟然借口天气寒冷在巡逻的时候饮酒，尽管只是每人一小杯；将被绞死的阿喀墨斯杀死了自己的兄弟，而哭哭啼啼拒不认罪的伊斯提涅则是因为偷盗，失盗的主人说他丢失了一头奶牛而伊斯提涅只承认因为酒醉而去牛栏边撒尿，在他撒尿的时候牛栏里就没有了奶牛。奥德修斯将军获罪的原因是，他没能像他承诺的那样，为弥诺斯国王带来一场他想要的胜利，尽管这位将军作战勇敢，可相较错失的胜利来说这种美德完全是微不足道的。玛卡里阿是王后的侍女，她打碎了王后的镜子因此遭受重罚，而得摩丰和特里克斯必死是因为谋反，他们试图害死伟大的国王……

我当时并不知道这些，我知道的是特里克斯是我父亲的好友，他曾多次来到我们家里，和我父亲饮酒，谈论未来的城堡应该如何建筑；我知道的是，父亲不止一次地提到典狱长是他的恩人，我父亲最初，是作为犯人被关在监牢里的，而典狱长发现了他的才能并向国王弥诺斯推荐了他，为他洗刷了子虚乌有的罪名……我当时知道的是，父亲为此很是悲痛。

当然，就像别人所认可的那样，我父亲是一个能干而认真的匠人，他会对自己的每一项工作都尽职尽责地完成。可悲痛还是不自觉地浸入到他的建造中，他选择的石头和木板都因为浸入了悲痛而略有些扭曲。

我就是在那个时间来到他主持的克里特雕石馆的。我母亲希望我能成为一个好学徒，成为一个和我父亲一样声名显赫的匠人。

我跟着卡什叔叔学习木匠，他教我做棺材。他说，你要先学习使用锛子、锯子，学习力量用得准确。他说我要把它做成斜面交接的，这样一来，钉子吃住的面积就比较大；雨水只能斜斜地渗入棺材。要知道雨水顺着垂直、水平的方向渗流起来是最容易不过的了。他说棺材有用，有太多的人需要棺材，就是被国王下令绞死的这十二个人也需要棺材。西西里岛的居民不需要棺材，他们会把尸体悬挂在树上直到它们干透为止。树上挂满了各种各样死去的人，士兵们从树下经过会让自己的标枪碰撞到尸体，它们会发出钢铁碰撞的声响……卡什叔叔来自西西里岛，他是带着腿上的伤疤来到克里特岛的，在这里他成了有名的木匠，学会了制作棺材。

在克里特雕石馆，我学习木匠活儿，学习制作棺材。可我总是使用不好锛子。我总是用不准力气，每一下，都是一条歪歪斜斜的线。卡什叔叔也有些恼火。

那时，我父亲的制造也遇到了困难。他已经克服了悲痛，但另外的一些属于技术的活儿却不是那么容易克服的，他一次次失败，而国王弥诺斯已经失去了耐心：再给你三天的时间，如果还不能完成，你也将陪伴那十二个人一同绞死！负责传旨的官员一脸真诚。

我总是使用不好锛子。我总是用不准力气，每一下，都是一条歪歪斜斜的线。卡什叔叔也有些恼火。"你怎么可以这样，你看准我给你画出的线……线在哪儿？你怎么能把它锛没啦？"

父亲让人拉起悬挂的绳索，而这时，巨大的绞刑架出现倾斜，其中一块代替人悬挂在上面的石头掉了下来。"混蛋！"父亲跳起来，他手上的皮鞭狠狠抽在负责拉动绳索的人的身上。"你们几个！是不是想让我去送死？在我被处死之前，我会先把你们送过冥河的！"

……我依然用不好锛子。它甚至不像斧头，也不如锯子好用。我根本控制不了它。这时，狂怒的父亲朝我奔过来，他的拳头狠狠打在我脸上——笨蛋，一个笨蛋！我怎么会有你这么笨的儿子！把它给我剁掉吧，把木头装上去都比原来的这双手灵活！他真的抓住了我的手。他真的，抓起了斧子。

克宇克斯奔到他的面前，抱住他，我的手才得以幸免，但斧头砍到了克宇克斯叔叔的背。"代达罗斯，你不能这样……"

我被赶出了石雕馆，我父亲说没有他的话我永远不允许再踏入半步。在我走的时候我看到父亲俯下身子，哭泣起来。他的手遮住自己的脸，一副绝望的样子。

父亲最终按时完成了绞刑架的建造。那真是一架完美的机器，它有树木那么多的枝丫，而全部的绳索只用一个绞盘就能提升起来。遵照国王的命令，全克里特城的人都聚集在王宫外的广场上观看行刑，而我父亲则不停地在绞刑架前走来走去，检查着每一个部件。那十二个人被押到了绞刑架前，或许是因为饥饿和痛苦的缘故，他们都显得非常矮小。我父亲还在检查，他拉拉这里，拉拉那里，向滑轮处再次滴上用以润滑的油脂——父亲的动作吸引了特里克斯。他为我父亲的建造由衷地赞叹，但同时，提出了一个改动的建议：如果在最上端的枝丫处加上一根横向的木梁……我父亲瞬间便明白了，他低声把石雕馆的三个工匠叫到身边，他们飞快退下去，不一会儿，三个人就扛来了一条长长的木梁，各自的手里还提着工具箱和滑轮。

还不到行刑的时间，父亲和那三位工匠现场操作，把木梁刨平，装上滑轮，而特里克斯也提供着建议：向上一点儿，不，绳索从下面绕过才对……不不不，这样不行，它会把另外的绳索绞在一起的，它要从左边开始……父亲听从了特里克斯的建议，只是在安装的高度上遵照了自己的想法。——你是对的，代达罗斯，这样看上去更美观些，而行刑者也会少用一点儿的力。特里克斯点点头，他对我父亲说，我再也给不了你别的意见了。再见吧。

加上了木梁的绞刑架一下子也多出了几个可以悬挂的地方，弥诺斯只得从克里特监狱里临时抽出三个罪犯挂上去，另外的空余国王也加以利用，在每三个犯人之间吊上三四只猫。僵直的尸体和死猫悬挂了三天，起初克里特的所有人都不忍心去看。但随着时间……我们发现那些尸首都瞪着愤怒的双眼，于是我们对这桩惨案的认识也发生了变化，产生了与以前不同的感受。而这时，弥诺斯国王更是印刷了十二个人罪行的告示，负责印刷的就是我的父亲（他把印刷不够精美的几件废品拿回了家，于是，我记下了那些人的名字和各自的罪行）。

……至少在我的家里如此，母亲和仆人们都开始对被绞死的十五个人感觉厌恶和痛恨。有三位女仆，还结成对子来到绞刑架前，分别向尸体们投掷石块和西红柿。"那三个后来被拉来的人……他们的罪名是什么？""管他呢，反正他们都是该死的，弥诺斯国王一定有他的道理，即使我们一时不能理解！"

六　迷宫里

他找不到路径。"克里特的迷宫将成为奇迹，它困住了它的建造者。"我父亲甚至为此骄傲，但，留给我们的粮食和酒已经越来越少，而秋天将至。

我提醒他，父亲，我们如果找不到出路，就会死在您的伟大迷宫里。——这有什么。他并不掩饰自己的得意，你不知道，有许多的工匠，穷其一生也无法完成这样一件伟大的作品，如果我愿意把我的成就和他们交换，我相信就是在这个小小的克里特岛，也会有十个人愿意用死亡来交换我的才能，如果在雅典，愿意交换的绝不会少于一百个……"不过，我是不会被真正被困住的，伊卡洛斯。我只是希望……现在还不是告诉你的时候。"

他要我和他一起参观他的建造：我想，你也许希望见一见弥诺陶洛斯，是不是？你们是如何描述它的？我想知道。

听说它是一头可怕的怪兽，凶猛，残暴。听说，它有双重的形体，从头顶到肩膀是一头公牛的形状，而其余的部分则像一个身材高大的人。我还听说，根据一份古老的协议，雅典每隔九年就要给克里特国王呈献七名童男童女，作为上贡给弥诺陶洛斯的祭品。听说，就连国王弥诺斯也受到这头怪兽的控制，某些残酷的命令是根据弥诺陶洛斯的意见做出的，若不然以宽厚却不乏严谨的国王的性格，他是不可能非要杀掉那么多人的。我把我听到的告诉他，他为我的话做了一点补充：谁也没见到过弥诺陶洛斯，是不是？据说凡是见过弥诺陶洛斯的都是不会说话也睁不开眼睛的死人，是不是？就连国王想要接近它，也必须戴上黄金和蟒蛇皮做成的面具才可以，是不是？

是的。我说。所以它是一头可怕的怪兽。在克里特城，没有谁提到这头怪兽不会胆战一下。

"那，你想不想见见这头怪兽？要知道，这座迷宫，就是专门为弥诺陶洛斯建造的。"

不想，我积攒了一点儿摇摇晃晃的勇气，父亲，我不想见它。即使它不会杀死我，我也不想见它。我不知道为什么要见它。

"可它就在迷宫里。"父亲笑了起来，他笑得阴冷而狰狞。"有时候躲是躲不开的。不过，你早就见过它了，儿子。只是你没意识到而已。"他摆摆手，"走吧，跟着我。伊卡洛斯，虽然你不是最好的人选，但我还是愿意领着你参观一下。就是奥林匹斯山上的诸神来到这里，我想他们也是会被困住的。"

我们穿过由假山和树木构成的外围迷宫，它的设计师在经过沉思之后总能找到正确的出口。在迷宫的边缘处有几栋低矮的草房，父亲告诫，只有灰色屋顶的那间可以进入，其他的房间里要么是陷阱要么被吃人的怪兽占据，千万不要打开。我们走到河流的面前：那条河有着反反复复、杂乱无章的纵横交错，这是我父亲颇为得意的设计。他说，迷宫里的河流是根据夫利基阿密安得河的境况来设计的，那条互相交叉又互相分离的河流给了他巨大的灵感。他叫我蹲下去观察——你看，这水流的走向！它此时是在向前，哦，在我说话的时候已经转向，它开始向后涌去了……它没有固定的流向，谁也不知道下一刻钟它是向前还是向后，还是在原地旋转起来形成涡流。告诉你，这条河的流向，时常会和河流本身的意志背道而驰，我甚至不知道奥林匹斯山顶的诸神是不是能够理顺！要经过这条河流走向里面的高楼当然困难重重，就连我，也不敢保证每次都能顺利通过，进入到里边……

　　父亲说得没错，我们往返三次才找到正确的路径，那时已经是黄昏。我们经过一片广阔的沙漠，它实在是太广阔了，也不知道走了多久，父亲凭借怀里的指南针和一只水银做的金丝雀的指引，才来到一座高楼的前面。

　　"哦，我们走到了中午。"我抬头看看顶在头上的太阳，"真是奇怪，我们在沙漠里，似乎没有经历夜晚"——没什么好奇怪的。父亲点起火把，在这里，时间甚至时令都是不确定的，你以为是在中午，不一会儿就可能是深夜；你以为是在春天来的，鲜花们都在开着，可能下一时刻，这些花朵就会迅速地枯萎，你的腿边却积下了厚厚的雪。当年，建造迷宫的工匠们也都不敢相信自己的眼睛。唉，愿他们沉进河水中的骨骸不再争吵。

　　果然，天暗了下来，整个星河就垂在我们的头顶。父亲抓着我的手，避免我沉陷到沙丘的下面去——我不知道脚下的沙丘是什么时候聚拢又是什么时候成了沙谷，没有风，它根本没有移动。"你说，从你所站的地方到这座楼房的门口，需要走多少步？"

十步？十五步？"不，需要整整一天的时间，如果你确定自己走的是直线的话。在我的这座迷宫里，处处都是错觉，眼睛所看到的没有一项正确！"父亲的声音里含满了不可一世的骄傲。我听得很清楚，他说的是，我的迷宫，而不是弥诺斯的迷宫或者弥诺陶洛斯的迷宫，我父亲不肯把它轻易地交出来。

——那，我们是不是还要过去？我的心里有种隐隐的不安。

"不过去啦。我知道，此刻，弥诺陶洛斯并没有住在里面。"父亲说，他的表情有些黯然，"这座高楼里面满是噩梦。我也不能保证我的双脚踏进去之后还有机会走出来。"

七　迷宫里

他又喝醉了。这次，他带来的不光是难闻的酒气还有满身的泥浆。他撞开门，跌跌撞撞的身子还没进来就开始咒骂——

卖肉的，卖臭肉的，卖被冥河的水泡了三年的臭肉的。吃过邪恶女神粪便的人，从恶狗的肚子里出生的人。塞壬的儿子，嘴里面长了两条分叉的舌头，喷出的都是花言巧语的毒液……

他骂着，突然冲过来抓住我的头发——"父亲，你干什么？我是你的儿子伊卡洛斯啊！"

伊卡洛斯？他松开手。哦，伊卡洛斯。那个丑女人的儿子。那个丑女人……他哭泣起来，用力地抱住我，伊卡洛斯，伊卡洛斯……我的心里，有一条毒蛇在疯狂地咬。我的血都快流光啦！你这个吸人血的鬼魂！

我将他拉到床上去。这并不是一件很轻易的事，就在我用力拉扯的时候他竟然睡着了。可在我准备起身的时候他又伸出手来抓住我：

塔洛斯，你不知道我现在有多后悔，其实摔到地上的是我，是我！我把自己摔得四分五裂！呼！我就再也没有了，塔洛斯，我早就被你杀死，现在活着的我也不知道到底是谁。

"父亲，是我。我是伊卡洛斯。"

伊卡洛斯？他松开手。哦，伊卡洛斯。你的母亲早就过了冥河，我不知道她在那边是不是依然不肯放弃对我的诅咒。现在，我就把你送到她的身边去。你以为我不敢吗？你以为我，不敢吗？

敢，父亲，您当然敢。我不知道从哪来的勇气，这是我长到十四岁以来第一次和他这样说话。我转过身，在他的工具箱里找出锤子、刀子和锛子，一一放在他的手边。父亲，您敢，您什么都能做得出来。当然这和您所服侍的国王还有差距，但也足够了。您知道我母亲临终时说的最后一句话是什么吗？她说，他是我一生的噩梦。现在，我终于可以摆脱他了。

"你这个混蛋！"他甩过一记狠狠的耳光，让我的耳朵里一下灌满了喧哗的鸟鸣，"你怎么敢这样跟我说话！伊卡洛斯！你什么时候吃掉了豹子？好吧，好，你等着，我现在就让赫耳墨斯把你接走！不过他未必会把你送到你母亲那里去，他也许会把你的骨头丢给哈得斯的看门狗。"

"我也乐得如此，父亲大人。"我突然泪流满面，"父亲大人，在我母亲死后，在我被弥诺斯国王的卫兵拉进迷宫来陪您，我就在等接引的神。在这里的每个时刻都是煎熬，死亡不过是被拉长了，父亲。"

你不知道。你什么都不知道。我们会离开的，不过现在还不到时候。可恨的父亲，让人厌恶的父亲，嘴里面满是腐臭的父亲，又一次沉沉地睡下去，这一次，他睡得像一块没有知觉的石头。

可我的恐惧却来了。它来得汹涌，无边无沿。它在四周的黑暗里潜伏着，我能听到它的呼吸。

八　迷宫里

起来，他叫我，除了口腔里残存的酒臭，他似乎已经忘掉了昨日。我最看不得人懒惰的样子，即使你是个笨人，即使你是我的儿子。伊卡洛斯，我要出去几天，你要在这栋房子里好好待着，千万不要走远。

好的，我飞快地坐起来，揉着眼睛，父亲，你要去哪儿？

当然是迷宫里，还能到哪儿去。我只是想，如果我不凭借工具，看我能不能走到河那边去，然后再返回这里。我要忘记它是我建造的，而把它当成是另一位伟大工匠的杰作……他兴致勃勃，把他的工具箱和其他用具都放在一个羊皮袋子里，然后又装上了酒。"我用红线给你划出了范围，如果你走到红线的外面，一定要马上退回来，否则，我可能永远都找不到你了。"

这一次，他竟然没提到赫耳墨斯。千万不要走远。

说着，他就消失在一堵墙的后面，随后没了身影。

九　迷宫里

我被孤单地剩在了迷宫里。

我不知道自己该做点什么，不知道。我对父亲划定的红线也没有半点儿兴趣，我走过一堵墙还会是另一堵墙，我走过一片由树木组成的过道还会是另一片由树木组成的过道，我走过去，只会让自己在过道和过道之间、墙壁和墙壁之间绕来绕去，它没有任何的趣味——而我走的时间过久的话，还很可能会把自己走失，再也找不回原来的位置也找不回自己——我对这样绕来绕去的冒险没有兴趣。

我宁可无所事事。

我在无所事事的时候会想一些混乱的事，会想起我的母亲，我想用女仆伊菲革涅亚教我的方法召唤亡灵，可这个办法根本无效，我并没能见到我的母亲也没有听到她的声音，我招来的只有一缕淡淡的烟。我想起那个叫塔洛斯的影子，我也想起克宇克斯叔叔对我说的话，他说，孩子，我要走了，要到遥远的地方去了，因为我知晓了代达罗斯的秘密。我不走，他一定会想办法杀掉我的，就像杀掉辛尼斯那样。他不会眨一下眼的，不会。而且，他不会生出一丁点儿的愧意，我太了解他了。他说，即使你父亲不杀我我也不想再待下去了，他为凶残的国王做了太多凶残的事，而我也是帮凶。再这样下去，我身体里积攒着的痛苦就要把我埋葬在这里了。

　　救过我的克宇克斯叔叔说，我父亲是一个非常优秀的匠人，这点儿毋庸置疑。我的父亲一定是阿波罗和雅典娜的宠儿，奥林匹斯山的神灵给他太多了恐怕某些神灵也会对他妒忌。克宇克斯叔叔说，我父亲具备一个艺术大师的全部优秀品质，他的身上只有一个显著的短板，就是爱虚荣，爱妒忌。当然这个短板也是自古以来的艺术家们所共有的，不过，在我父亲身上，它显得明显而邪恶。

克宇克斯叔叔说，我父亲在雅典的时候就已声名显赫，甚至他的影响一直到达遥远的世界边缘，人们对他创作的石柱佩服得五体投地，说它是具有灵魂的造物。他创造了一种有别于前人的雕刻法，这种雕刻法甚至能让石柱上的生灵移动，插进身体的标枪会让它们慢慢渗出鲜红的血。然而，不知出于怎样的原因，奥林匹斯的诸神在赋予代达罗斯神性的同时也把同样的神性赋予了另一个人，他是我父亲的徒弟，也是他的侄儿，塔洛斯。他甚至更优秀些。

在很小的时候，塔洛斯就发明了陶工旋盘。他还利用蛇的颌骨作为锯子，用锯齿锯断了一块小木板——后来，他用同样的方式制造了锯子：也就是说，我父亲剽窃了他学徒的发明，在来到克里特之后将它的发明权据为己有。

这个塔洛斯还发明了圆规和另外的一些用具。在雅典，他的声名和我父亲一样显赫，人们在赞叹我父亲的雕刻和发明时总不忘提上一句："要是塔洛斯来完成的话……"

人们的称赞引来了我父亲妒忌的怒火，它是分叉的，飘忽不定的，但却并不容易熄灭。一个傍晚，我父亲和他的侄子塔洛斯登上雅典的城墙，他们在谈论水车的设计，沉浸于叙述中的塔洛斯完全没注意到我父亲的脸色和已经冒到了头顶的火焰。他说着，不停地说着，他已经被自己的思路缠绕在里面，等他突然意识到自己在坠落的时候为时已晚。克宇克斯叔叔说，塔洛斯是被我父亲推下城去的，千真万确。

"不可能，"我说，"你听到的是谎言，是出于嫉妒而虚构出来的谎言。我父亲说了，他的侄子死于奇怪的疾病，当这种疾病落进他身体的时候他身上的肉就开始松了，就自动地散落下来，并发出恶臭。我父亲说，他的侄子以为我父亲无所不能，手里掌握着能让他恢复的药剂，可事实上我父亲没有……"

克宇克斯叔叔说，他说的千真万确，他再次用到了千真万确这个词。关于我父亲的这件事，他是听辛尼斯说的，辛尼斯也是来自雅典，只是最初他隐瞒了它，直到，塔洛斯的影子一路追到阿提喀来到克里特城。

"也许是他说谎……他为什么要隐瞒身份？从这点看，他也是一个习惯说谎的人。"

他没有说谎，至少在塔洛斯和你父亲的这件事上没有。克宇克斯叔叔说，他所以隐瞒，就是因为怕代达罗斯知道他来自雅典知道些旧事而不会雇佣他，而他选择向克宇克斯说出则是因为塔洛斯影子的出现。这条影子，先找到了辛尼斯。它是冲着克里特雕石馆的招牌去的，它找到辛尼斯和他交谈的那个黄昏恰好克宇克斯也没有走，他被一些琐事缠住而忘了时间。

在角落里做事的克宇克斯无意中听到了他们的对话。他知道了，那个寻找而来的影子叫塔洛斯，死于我父亲代达罗斯的谋杀，最让它难以忍受的是我父亲在掩埋尸体的时候说自己是在掩埋一条毒蛇。它并不希望辛尼斯对我父亲的行为提出控告，这会让他为难的。它所希望的是，出于同情和应当的悲悯，来自雅典的辛尼斯能够为它指认代达罗斯的住处，它要亲自去找他。

"哦，似乎是……可这也说明不了什么。"我想起关于影子的旧事，但我拒绝承认我父亲是杀人犯，尤其是杀害自己亲侄子的凶手。

我知道你出于怎样的理由不信。克宇克斯叔叔说，他当时也依然有些半信半疑，但信的成分超过了一半儿，毕竟它是由一条掉着碎肉的影子说的。让他走向确信不疑的原因是，辛尼斯不知出于怎样的理由，他向代达罗斯报告说那条影子曾来过雕石馆，而他也不得不指给它代达罗斯家住哪里，如何才能寻见……克宇克斯叔叔说，我父亲当时就极为愤怒——你的舌头长得太长了！我会让它再也不能多说一个字的！谁知道你还会说出怎样的话来！我会让你消失的，辛尼斯，你要为你的舌头付出代价，在我杀死塔洛斯之后就不会在乎再除掉另外一个人，我清楚我在做什么。

　　被吓傻的辛尼斯找到我，我是他在克里特雕石馆里最为亲近的朋友。他说，克宇克斯，我该怎么办？这么多年我都没把这件事说出来，我觉得自己为代达罗斯大人保持着秘密因此心里与他有着特别的亲近，可他却要杀掉我，不肯信任我是出于对他的忠诚才向他汇报的……他哭得痛苦而绝望。这时，国王的卫队闯进了雕石馆，他们将瘫软得不得了的辛尼斯架着走出去，就像拖走一条已经死去的狗。后来你父亲给出的解释是，辛尼斯是个说谎者，是个罪犯，是个逃跑的奴隶，他只能属于监狱和斗兽场——从那之后我就再没有见过辛尼斯，他只在我的梦里出现过一次，面目模糊，仿佛是从水中捞起来的一样。在梦里，他一句话也没有说。

　　克宇克斯叔叔说，后来，代达罗斯打听到辛尼斯被卫兵们抓走的时候我也在场——他试探着，试图从我的嘴里了解我都知道了什么，我虽然装出完全无知的样子可我知道代达罗斯并不信。我知道接下来迎接我的后果是什么，之所以他现在还没有做是因为辛尼斯刚刚被抓走不久，他不想给人留下猜测。

——你父亲杀死了塔洛斯，两次。后来，他又使用在克里特禁止的巫术，让邪恶巫师除掉了塔洛斯的影子。这件事，石雕馆的匠人们多数知道。

"我母亲也……"我没有再说下去，它让我痛苦。我父亲是有种种的不好，这是我所清楚的，但我不肯相信他会那样。它让我痛苦。克宇克斯打断我，他说我父亲受到了雅典最高法院的审讯，他们认定他有罪。所以才有了在克里特岛的代达罗斯，他不得不逃亡。

我母亲也知道在她嘴里被咬得有深深齿印的"他"请了巫师，杀掉了影子，但对于"他"之前就曾杀死过塔洛斯也是不信的。她痛恨这个人，后来越来越恨，她认为我父亲为了自己能做一切事，无论这些事是美好还是丑恶，但她没有向我提过我父亲杀死了塔洛斯。"伊卡洛斯，你可不能成为他那样的人啊。否则，我在冥河的那端也会痛苦得再死一次的。"我母亲沉陷的眼窝里总有泪水的痕迹。

迷宫里，我在无所事事的时候就想我母亲的遭遇，我为她痛，为她苦，为她抱怨，也为她痛恨——当痛恨涌来形成浪潮的时候，我甚至会在心里杀死他，一遍遍。我为自己的想法而颤抖，每次想到我使用刀子，斧子，或者其他的什么……我的心就会猛烈地颤起来，让我不能再想下去。

我也想起在克里特城里的发生。想起黑暗来临时天空中盘旋的秃鹫和乌鸦，它们把克里特看作是乐园，甚至偶尔那些白鹤与鱼鹰也会享受到跟它们一样的乐趣。弥诺斯国王对不尊重他意志的人是严厉的，而那样的人却总是层出不穷。我想着家里那些叽叽喳喳的仆人们，他们就像一群阴暗的老鼠，当我父亲在家里出现，他们立即把嘴里的叽叽喳喳隐藏起来，变成另外的人——也不知道他们现在是怎样了：总是一脸愁容的欧迈俄斯，在背后叽叽喳喳的声音最响的珀涅卡珀，无比贪吃而又力大无比的埃克朋诺尔，还有总跟在我母亲后面为她擦拭泪水的卡珊德拉……我和父亲，是被弥诺斯国王的卫队带进迷宫的，他们来到家里的时候还算客气，只是语气不容置疑。"遵照尊敬的、伟大的弥诺斯国王的命令，有请代达罗斯再次查验弥诺陶洛斯迷宫，国王不希望这座迷宫有任何的漏洞。因为需要的时间过久，也请他的儿子伊卡洛斯一并前去，慰藉父亲的心……"

不知道时间过了多久，无所事事会让时间变得更为漫长，所以我更不知道时间了——在我这里，时间也完全是种无用之物，它不用来贪恋也不用来希望，我对它没有要求，反而因为它的存在让我感觉着限制。可以用来回想的事情并不多而且它们多是灰色的，我不想让自己沉在里面，于是我寻找着松针和落叶，躲在树木的下面或者墙壁的拐角处为自己编故事——在迷宫里，墙壁的拐角实在太好找了，几乎每处都是，有的是用土垒起的，有的是由砖或石砌成，有的则是利用着乔木、灌木或者芦苇……大约几天的时间下来，让我有兴趣的故事也被我编完了，我只得再重复一次。这样的重复有些索然无味，我就让自己回想欧迈俄斯给我讲过的国王故事：珀布律喀亚的国王阿密科斯是凶残的，他杀人无数，更是规定，陌生的人进入到他的领地必须在和他的拳击中取胜，否则便不能离开他的王国，为此他杀害了许多无辜的人；国王弥诺斯曾向海神波塞冬许诺，他将把自己看到的从大海里浮现出来的第一件物品当作祭品，用以祭供海神——只见海水奔啸，水里面浮起一头健壮、硕大的公牛。大喜过望的国王却起了贪心，他将这只公牛悄悄藏在自己的牛群里，然后牵出了另外一头牛……底比斯国王拉伊俄斯年轻的时候被赶出家园，他被伯罗奔尼撒的国王收留让他住在王宫里，当作客人一样款待。后来，他却恩将仇报拐骗了国王的儿子克律西波斯，将他变成了奴隶，国王不得不发动战争才将克律西波斯救回去，然而在路上，克律西波斯还是遭到了杀害。拉伊俄斯得到一则神谕，说他命中注定将丧命于自己的儿子之手，于是他在儿子出生后的第三天就命人将婴儿双脚刺穿，然后用绳索捆绑起来扔进了荒山；萨尔摩钮斯是伊利斯的国王，据说是一个蛮横无理、自以为是的人，他建造了一座豪华的城市萨尔摩尼亚，要求那里的臣民们对他要像对宙斯一样祭奉和尊重，否则就会遭受残酷的惩罚。他打造了雷神的车，而国王在车上挥舞着火把将它当作射向人间的道道闪电。当他寻欢作乐的时候，会命令周围的人全部躺倒在地上，就像是被雷电烧焦的尸体……最终萨尔摩钮斯国王遭到了惩罚，惩罚他的正是他所模仿的众神之神。宙斯劈下一道暗红色的闪电，它击倒了国王，并使整个萨尔摩尼亚都沉陷于火焰之中，城里那些可怜的居民们也无一幸免……

我偶尔地会想一下我的父亲。在我想到他的时候，他只是一道模糊的影子，我竟然记不起他的脸。

十　迷宫里

父亲走了回来，他的后背上背着一条有破洞的口袋，里面满是鸟的羽毛。

"你是干什么去了，父亲？难道，你是去捕鸟了？难道，你是想，用它织成毯子，准备冬天的来临？"

当然不是，我要把它们粘起来，做成翅膀。地上的路和水上的路都被封锁了，我们无法绕过弥诺斯国王把守的卫兵。

"父亲，你的意思是……"

他说，我现在能猜到也不算太晚，是的，凶恶多疑的弥诺斯并不是让他来仔细检验迷宫的设计，而是想把它的设计者困在里面，看他是不是能出得去。"因为他希望得到的就是，能把设计者困死在里面的迷宫，只有这样的迷宫才值得信任。"之所以国王要他把自己的儿子也带进来，就是要进一步测试他：国王觉得他代达罗斯或许可以牺牲自己的生命而使迷宫显得天衣无缝，但一定不能忍受和儿子一起被困死，一定会用尽全力寻找逃出的路，那样，他的检验效果才可达到。"我们一旦离开出现在外面，我们的死期也就到了，国王不能容忍我设计一个有漏洞的、设计者可能进退自如的迷宫。"

父亲说，他知道弥诺斯的想法，虽然他并不是这样说的。他和这个国王已经共事多年，对国王多少是了解的。"你还记得我带你去王宫时的情景么？"

十一　在王宫

那年九岁半，我跟在父亲的后面，不知道爬了多少级台阶，反正我的膝盖都爬疼了。然后，我们经过一道道长廊，接受一次次检查，终于在一座大殿的外面停下来，不久，里面传来声音，让我们进去。我跟在父亲的后面，这时我的膝盖更疼也更软了。那时已经黄昏，残存的阳光随意地涂抹在大殿的墙上，里面充满了翅膀的晃动：那么多的乌鸦在屋顶上盘旋。

弥诺斯国王高高在上，他坐在一把大木椅里，这让他显得很瘦小，我甚至记得他是一个孩子——后来我不得不借助实际来修正我的这一错误——可在我十一岁的时候，我想起那次经历，王座上坐着的依然是一个孩子，而不是别人嘴里的国王。

他问我父亲的建造情况。我父亲小心地回答着，他谦卑得几乎不再像他。"这是你的孩子？叫什么名字？"

坐在那里的那个"孩子"有着一种魔力，竟然让我张不开自己的嘴巴。只得由我父亲回答：尊敬的、伟大的国王，他是我笨拙的儿子，名叫伊卡洛斯。哦，伊卡洛斯，很不错的名字。将来也许能和你一样成为克里特最有用的人。我喜欢这孩子。国王挥挥手，我获得了一只金色的夜莺，它的肚子里是好吃的糖果——也许正是这样的赏赐，让我的记忆生出错觉，以为坐在王座上的国王其实是个比我大不了多少的孩子。"代达罗斯，我让你制造的锋利刀刃完成得怎么样了？它能不能割开雅典娜的盾牌？还有，我让你引来冥河的水，把它浇到色雷斯人的马槽里去，有没有进展？我要一面能测试梦境的镜子，代达罗斯，你知道这世界上想谋害国王的人太多了，虽然他们会不断地掩饰，可梦境会使他们的秘密泄露出来。代达罗斯，成为国王就等于是坐在了针毡上，他们都在试图用隐藏着的牙来咬你。尽管你拿出十二分的小心，可依然防不胜防。"

我被弥诺斯国王赠送的金夜莺给迷住了，确切地说是被里面不断能掏出的糖果给迷住了，后面父亲和国王又谈了些什么完全没有印象，甚至，什么时候离开的王宫我也没有印象。

多日之后，父亲问我对弥诺斯国王的印象，我冲口说出：国王？你说那个坐在椅子上的孩子？父亲愣了一下，然后惊恐地堵住了我的嘴巴。

"你还记得我带你去王宫时的情景么？"父亲问。我说记得，我记得来来回回、弯弯曲曲的长廊，记得高大的栎树和一口深不可测却不断有鱼骨升起的井。乌鸦们，它们几乎是拥挤的，四处都是它们的叫声吵得我耳朵都疼。我把坐在王座上的弥诺斯看成是一个孩子，或许是他太瘦小而且给了我糖的缘故。

"你这么说过？你说，他是一个孩子？"我父亲代达罗斯大声地笑起来，"你说他是孩子，哈哈，这太可笑了，没有比这更让我发笑的笑话了！我儿子说他是个可怜的孩子！"

——父亲，我没有说他可怜。

他就是可怜。因为他的座位下面连着库克罗普斯的地狱，不断传来的哭泣之声让他睡不着觉。

十三　迷宫里

现在我可以说了，伊卡洛斯。我建造了这座迷宫，我被困在了迷宫里——但这里也是弥诺斯国王的手够不到的地方，耳朵伸不进去的地方，我也许要感激自己的这一建造。现在我可以说了，伊卡洛斯，把酒给我拿过来，我需要。

你没有见过弥诺陶洛斯，是不是？但你一定听说过，这个迷宫就是为它建造的，是不是？它被描述成一头公牛，就像从海水里升起的那头公牛一样，不过它有人的身子，是不是？现在我可以说了，谎言，全是谎言。我没有见过这只怪兽，死去的特里克斯也没见过，告诉你吧，儿子，就连国王本人也没见过这头怪兽！因为，它是被国王虚构出来的，国王想象自己拥有这样的一头怪兽，于是他就有了。给我倒酒。

没有这头怪兽。七名童男童女——那是国王想出的把戏，反正他能轻易处理掉这几个人，他们连一根骨头也不会留下。没有弥诺陶洛斯，没有。伊卡洛斯，别冲着我眨眼睛，我讨厌你的这个样子，你的这个样子让我会想起那个丑女人，我娶到她，不过是为了在克里特有个落脚之地，她不过是一个屋檐，一张床，一个靠背而已……别冲我眨眼睛！再给我倒酒！要是洒到外面，我会抽出你的筋骨来的。我说到做到。好吧，伊卡洛斯，你听我说。

没有弥诺陶洛斯，那建这个迷宫是为什么？你应当问这个问题，你应当问。可你就是没有问，我知道你在想什么，你在想我实在太怨恨眼前的这个人了，又在想我怎么能怨恨这个人呢，他可是我的父亲啊！要不是他我根本活不到今天……要不你也喝点葡萄酒？我说到哪儿啦？对，建迷宫干什么。干什么？其实迷宫里住着的是弥诺斯，是国王！如果冬天来临，我们父子离不开迷宫，弥诺斯就会住进来啦，我知道我猜到了他的心思。他一直说，迷宫是为弥诺陶洛斯建造的，因为这头怪兽实在凶暴得令他不得不用这样的方式来控制它，可就在我把高楼建起来的时候，他竟然让另外的工匠搬进了他最喜爱的象骨床。见到床的时候我就明白，这座迷宫将由国王本人居住——为了迷惑他们，我故意装作没有看到，虽然工匠们知道我看到了，可他们绝对不会说出去：把它告诉国王只会让他们的生命结束得更早一些，他们当然也知道这点。我们都在为弥诺斯国王建造，我们都希望自己能成为国王肚子里的蛔虫。

我知道弥诺斯国王在害怕，他一直在害怕，但没想到他的恐惧有这样深。他不信任奥林匹斯的神灵也不信任住在冥河那端的亡灵，其实他更惧怕他所能见到的所有人，所有，他曾说过在他身边所有的人都想拔掉他的头发而且的确是这样做的……他说迷宫是为一头叫弥诺陶洛斯的怪兽建造的，那样，就不会有人想到国王会住在迷宫里。我知道，伊卡洛斯，胆小的弥诺斯甚至深信，如果迷宫建造得足够完美，会让冥府之神哈迪斯的使者在其中迷路，永远也找不到出路。他作恶太多了，只得靠更多的恶来麻木自己，然而这样的恶越多，他的害怕就越积越厚。

如果我们在迷宫里死去，弥诺斯国王就会一个人住进迷宫里，只有在需要出现的时候才会在他的王宫里出现。伊卡洛斯，你为什么不问我既然迷宫的建造者都走不出去那国王又是如何进得到里面，并能够随时出入？
把酒再给我倒满吧，儿子，我告诉你，现在我可以说
了。我在唯一正确的道路上埋设了一条彩色的线，而这
条线，只有用冥河边上的砾石磨成的镜子才能看到，而
这面镜子掌握在国王的手中。没有镜子，谁也不可能从
迷宫里走出去，无论是从水上还是陆地上。

伊卡洛斯，可你的父亲太聪明了，尽管这是他后来
才想出来的。还有一条路，还有一条路可以出去——那就
是，那就是这些羽毛。

我们，可以从天上走！代达罗斯会变成飞翔的鸟
儿，心怀恶意的弥诺斯绝对想不到！说实话这也是我在
前天才想出来的，之前我只在迷宫里打转都把自己绕得
昏头转向啦。

再给我倒一杯，快。从明天开始。从明天……

十四　迷宫里

他收集了羽毛。他把短的羽毛放在上边，把长些的
羽毛粘在下边，他拥有了一双翅膀。长的羽毛不够，他

就把短的羽毛用线连接在一起，看上去，就像天生的一般。

使用线，更多的线，他把羽毛们捆扎起来，让它们和竹子做成的骨架连在一起，然而又用蜡将它们封牢。他用更多的工具：小刀，锛子，斧头和锯子，两肩翅膀就做好了。然后，他再做另外的两肩。

"伊卡洛斯，自豪吧，现在，你有了一个会飞的父亲！这个世界上，除了奥林匹斯山的诸神，谁还有代达罗斯的本领？"

"我也会让你一起飞走的。虽然你并不讨我喜欢。我也许早应当和那些女人们生几个孩子——如果出去，我一定要好好地补偿一下自己。"

"我母亲说，你得上过脏病。还把脏病传染给了她。"我突然想起了这么一件事，它就像一根卡到了喉咙里的刺。而代达罗斯，则斜起眼睛看着我，随后狠狠地把我踢了一个跟头。"那个丑女人总是诅咒我，这个在地府里也不想安宁的长脸女人真该被锁链锁住！你给我爬起来，"他说，他盯着我的脸，"不过，伊卡洛斯，你也应该尝尝女人了。你这个笨家伙也需要的。"

不要。我说。

哼，那可由不得你。我想起来了，我把克里特城最出名的阿尔太娅带回家里去的时候，你的眼珠子都睁到了外面！伊卡洛斯，我们出去之后我就会带你去找女人们。等你明白了，你会感激你的父亲的，是他让你见识了女人的好处。快过来，帮帮我，难道你真想困死在迷宫里面？在余下粮食和酒用完之前，我是一定会飞去的，到那时候能怪的只有你自己。过来，帮我梳理一下！

十五　迷宫里

他又喝了那么多的酒，他把喝得过多的酒都吐在了地上。

然后，他又去喝。

他说，这是我们在迷宫里的最后一夜，明天早晨，我们就将和驾车的阿波罗一起出发，升入到天空中去。

在那个晚上，他反复地咒骂弥诺斯：长着獠牙的人，背着龟壳的蛇，冷酷的恶狗，丧失了信誉的变色龙……他说，这么多年，自己违背着自己的心愿为弥诺斯做了那么多的事，经历一次次心肺的撕裂，直到变得麻木，可这个短手短脚的国王却始终没有长出半点儿的同情，把自己看成是一条捕到了猎物、丧失了作用的狗，眼睛一眨不眨地就把他丢进了煮满沸水的锅里。

说着，他就哭起来，把余下的酒又倒入酒杯。"我可不想给他剩下一滴！"父亲恶狠狠地说着，他的脸变得扭曲，"我是女神阿弗洛狄斯的最真诚也最有才干的仆从，我是厄瑞克族历史上最伟大的建筑师和雕刻家，我应当赢得所有人的敬重才是，凭什么他就把我看成是穿破了的旧鞋子！"

我离开他，离开那间建筑于迷宫里的房子，走到清凉的夜色里去。望着天上密得透不过气来的星星，我忽然感觉沉重。不知道为什么，我甚至有些期盼，明天能来得更晚一些。我有些惧怕明天，同样不知道为什么。

屋子外面有那么多的黑暗，它们起伏着，仿佛是黑色的浪潮，拍过来然后又退回到平静中去，接着另一片浪潮又拍打过来。在漫漫的黑夜之中，我甚至感觉自己不是身处迷宫，而是在，那个看到塔洛斯影子的晚上。

十六　在克里特的家中

我仿佛回到了旧日，这个"仿佛"显得固执，虽然理智告诉我不是。

我仿佛刚从自己的房间里出来，我仿佛听见另一间房子里母亲在咳，它有撕心裂肺的连绵，完全不像是幻觉。

我也仿佛看到了自己的父亲，在阴影中。

他是在和院子里的影子说话。他以一种从来没有出现过的，低矮的语调。塔洛斯，你知道我是……我教给你好多的东西你不会忘记这些吧，你是我最好的学生，何况还是我的侄子……

父亲！我竟然冲着黑暗喊出声来，就在我喊出声来的瞬间，之前的幻觉骤然散去，只留下丝丝缕缕的惆怅，和母亲低低的抽泣之声。

它也是幻觉的部分，我的母亲早已踏过了冥河，我知道，她不能再在我的耳边发声了。我想留住它，可我留不住它。

十七　天空中

我有了一双翅膀。父亲把最后的羽毛都用蜡粘在了给我的翅膀上，他告诫我说："你要当心，你必须在中空飞行，不能过高也不能过低。如果你飞得太低，羽翼就会掠过水面，海水的浸泡会让它沉重，从而把你拉进波涛；如果你飞得太高，距离太阳过近的话，阳光会晒化用来粘住羽毛的蜡，甚至会使羽毛燃烧。"他告诫我，"跟住，别把自己落在后面，否则跟过来的秃鹫能把你的眼睛啄瞎！我可不肯养一个瞎子让别人笑话！"

我和父亲展开羽翼，渐渐升到天空中去。

他飞在前面。"叫我伟大的创造者吧，伊卡洛斯，在这个世界上还没有哪个人能像我们这样飞行！没有我，你会死在克里特的迷宫里，死掉的样子会比建造它的工匠们更丑陋，会比在克里特城堡吊死的那些犯人们更可怜。"他叫我跟着他在迷宫的上空盘旋，"伊卡洛斯，你再看一看你父亲所创造的！即使在上面看它也是一个奇迹。没有人会不赞叹的，即使……如果可怜的塔洛斯也能活到今天的话，他也一定会大为叹服，乖乖地退回到冥河的里面去。伊卡洛斯，现在，我也没有必要隐瞒了，塔洛斯确实是我杀死的，你所听到的所有指控我都认，不管它是真的还是假的。这有什么关系？伊卡洛斯，我们要飞得远一些，在另一片土地上开始新生活，只有不可救药的傻瓜才会把已经过去的事情背到身上。"

我们飞过达萨玛岛，那里的海水是一片可怕的深蓝。"你将会有新母亲的，伊卡洛斯，我要在那些好女人中选择，我要让她服从，像一个谨小慎微的奴仆。我也要让你见识女人的好，把那些不必要的忐忑都丢到海水里去吧，时光流逝得那么快根本来不及患得患失。"我们飞过提洛斯，那里的山顶是红色的，仿佛是刚刚喷射出的岩浆。"这些年，我学会了很多，伊卡洛斯我指的可不仅仅是技艺。我不会放过弥诺斯的，为了这个目标我会动用所有的手段，愿意付出所有的代价。"

你还会杀人。

如果需要，会。不过我会尽可能地做得隐蔽些，这也是我在弥诺斯国王那里学到的，如果他真有给予我的话。如果需要我是会杀人的，我不会为此有半点的负担，哪怕阻挡我的是你，伊卡洛斯。我希望你也是如此，我们没必要遮遮掩掩，在新生活里，我们只能活得更适应些，更有力些，有更多的得到。

父亲，你在做这些和准备做这些的时候……我没有把这句话问出来，它不需要证实，我知道他能给我的答案是什么。我知道。

那一刻，我突然有了百感交集，突然有了挣脱的愿望——而这个愿望一经产生就立刻膨胀起来，膨胀得就像太阳晒在我的肩上。我想起母亲，想起母亲最后的那句话，她说，他是我一生的噩梦。现在，我终于可以摆脱他了。

十八 天空中

我终于可以摆脱他了。

回想起母亲的这句话，简直是一片轰鸣。

就在那片轰鸣声中，我用出自己全部的力气，向更高的地方飞去。我承认我是一个怯懦的人，我承认自己惧怕——惧怕国王也惧怕这个父亲，即使在新生活里，我也不得不被他们笼罩，迫于这样或者迫于那样——母亲说的没错，他，本质上是可怕的噩梦，这样的噩梦我不想再做。

　　只能如此，只能如此。我感觉背上翅膀上的蜡开始融化，闻到一股类似鹅毛被烧焦后的味道。

　　那样的味道钻入我的鼻孔，它，让我兴奋。

　　我闭上了眼睛。

「拉拉国，拉拉布」

拉拉布的妒忌

一

　　几乎所有的人都知道，拉拉国的国王拉拉布是一个爱妒忌的人，这个冬天以来他的妒忌心越来越重了。这一天，拉拉布请一个画家来到王宫的后花园，他向那位画家炫耀一棵大青树的粗壮："我可以和你打赌！你肯定从未见过如此粗大的大青树！在夏天，它的阴凉足够容纳整个王宫的人在下面乘凉！它可是拉拉国最粗大的大青树了，它是树中之王！"也许是拉拉布酒喝得太多了的缘故，也许是画家在深山中画画，对国王拉拉布的脾气缺少了解的缘故，谁知道呢，反正，画家在赞叹了那棵树的高大之后，又对国王说："尊敬的国王，恕我直言，您的这棵大青树并不是拉拉国最大的大青树……我，我在一次去拉拉古山写生的时候，见过一棵更为粗大的大青树，它比您的这棵大青树还要高大粗壮一些……"

"你在说谎！"国王拉拉布的脸立刻拉得很长。

"我，我怎么敢欺骗陛下您呢？"画家打了个酒嗝，他的嘴角流出了几滴拉拉酒，"那棵树真的很高大很粗壮！我在写生的时候遇到了一场暴雨，下了三天三夜，整个拉拉古镇的人都在树下避雨，他们喝酒，打牌，晾衣服和做一种粗糙的拉拉纸……三天三夜，避雨的人在树下没淋到一滴雨！"

国王拉拉布发怒了。他唤来周围的卫士："现在，我命令你们，马上去拉拉古山下的拉拉古，把那棵大青树给我砍了！一根小芽儿也不留！"想了想，他又叫住已经骑在马上准备出发的卫士们："去，向拉拉古镇上的人颁布我的命令：谁要是敢和别人提到那棵大青树，我就统统割掉他们的舌头！不光是那棵大青树，让他们永远也不要再提'大青树'这个词！"

接下来，轮到那个画家了。爱妒忌的国王拉拉布对他说："你竟然说见过更粗大的大青树，这是我不能容忍的，何况，你竟然比我走了更多的地方！现在，我要把你关进监牢里，让你一拉拉里也走不出！"

二

　　是的，拉拉布是一个爱妒忌的人，他的妒忌心在进入冬天以来可是越来越重。这一天早上醒来，拉拉布国王将手边的一个苹果恶狠狠地朝镜子砸去："快，来人！把内政大臣抓起来给我打四十皮鞭！真是气死我了！"王后急忙拦住了他，"尊敬的国王，昨天晚上您还请他吃饭和下棋，怎么一觉醒来……他做错了什么？"拉拉布的怒火仍然在燃烧："我刚才做了一个梦……我梦见，我去他们家，他对我倒挺热情的，挺恭敬的，但总让人感觉有什么不对。后来我终于发现了！他家鱼缸里养了四十尾珍贵的鹦鹉鱼，比我的还多七条！而且全是最漂亮的那种……更可气的是，他为了不让我看见，竟然在他的鱼缸上盖了一层布，建了一座假山！我好不容易才发现了破绽！""我的国王，那只是您做的梦啊！如果他家真有珍贵的鹦鹉鱼再打他也不迟啊！""不行，就是梦里也不行！要不是在梦里，我就砍他的头了！"

洗过脸，国王要去上朝，一出门，看见一只鹰飞过了上空，"你们把那只鹰给我抓来！拔光它身上的羽毛！它凭什么飞过我的领地？它凭什么能飞那么高，看得比我更远？"一队接到命令的卫士背好弓箭刚刚出发，拉拉布国王又叫来一队卫士："去，把王宫外面的树都给我砍了，不让一只鸟在上面筑巢！你们找人把拉拉国上空的天空全部让网子罩住，我讨厌那些会飞过的鸟，所有的鸟！凭什么它们不用双腿走路，却可以自在地飞翔！"

国王的会议当然要商议大事儿，那些大事儿关系着拉拉国的政治、经济、文化周边环境和对外贸易，件件都让拉拉布感到头痛。大臣们在不停地争吵，拉拉布在房间里踱着步子，突然，他发现远处有两个马车夫坐在地上正兴致勃勃地谈论着什么，还有一个马车夫倚着马车在打瞌睡——国王拉拉布的妒忌病又犯了。"哼，我在处理这么多难题的时候他们竟然，竟然那么清闲，还睡觉！太不像话了！传我的命令，罚他们背诵拉拉数学，拉拉物理！背不下来就不许吃饭不许睡觉！"要知道，拉拉数学、拉拉物理可不是一般的数学，一般的物理，它们太难了，太复杂了，许多的数学家、物理学家一提到拉拉数学、拉拉物理都会感到畏惧，它们被称为天才数

学、天才物理，在拉拉国，懂得拉拉数学、拉拉物理的
人没有几个，其他地方就更少了——想到这儿，拉拉布的
妒忌心跳得更加猛烈："卫士们，把那些懂得拉拉数学、
拉拉物理的人都给我抓起来！哼，他们要是天才，就应
当研究一些真正的学问，他们这样的人都算天才那我又
算什么？"

这时，一个年老的大臣走到国王拉拉布的面前："尊
敬的国王陛下，您抓懂拉拉数学、拉拉物理的人我没意
见，是啊，在我们拉拉国只有您能称得上是天才，大天
才，前无古人后无来者的天才，那些只懂什么狗屁拉拉
数学、拉拉物理的人怎么配！不过，不过……这些愚笨
的马车夫，您就不要和他们计较了，他们没有脑子，脑
子里只有一团糨糊，您让他们想问题背什么拉拉数
学……我看还是免了吧。您不放他们，不让他们吃饭睡
觉，我们坐不了马车，怎么回家啊？"拉拉布背过了身
子，"他们必须受到惩罚！你们，就走回家吧，反正也不
算太远。"那个年老的大臣又向前一步，他几乎是乞求
了："国王陛下，请您体谅一下，最近，我的风湿和骨质
疏松的毛病越来越重，根本走不动路，我站在这里骨头
都在痛！"

拉拉布看了他两眼，突然发现了问题："你是拄着拐杖来的。你的拐杖真的不错。"年老的大臣脸色立刻变得苍白，"陛，陛下，这这这根拐杖很普通，是是是我在，在街上买的……人人老了腿，腿却不灵便，所所以……""你是什么意思？拐杖很普通，你是怕我妒忌，是不是？你是在讽刺我爱妒忌？难道我会连你有一根拐杖我也妒忌？我的权杖比它不好一千倍？"

"不不不，我我我不是这个意思……"老臣脸上的汗流过他的上衣和裤子，一直流进了鞋子里。

"那你是什么意思？对了，刚才你说你老了，这又是什么意思？你是不是在提醒我，你的年纪大了，自然见多识广，我拉拉布比你差得远呢？"

"不不不不……不，不是……"

"好吧，"那天拉拉布国王的心情还算不错，"就听你的，马车夫们就不用背什么拉拉数学、拉拉物理了，罚他们站在水里半个小时，看还敢那么没心没肺、悠闲自在不。至于你，"拉拉布国王指了指那位年老的大臣，"罚你今天不许坐马车，自己走回家。而且，不许使用拐杖。"

三

"你知道了没有？拉拉布国王又颁布新法令了！他
要求，全体拉拉国的公民都必须低着头，弯着腰走路！"

"这个总是没事找事的国王！他在妒忌什么？难道
说，他是一个驼背，见不得别人的腰比他的直？"

"国王新法令！所有的公民都必须穿草鞋、布鞋或
黑色的牛皮鞋，如果谁敢穿鳄鱼皮、鲸鱼皮或老虎皮的
皮鞋，一律要砍掉脚趾！"

"拉拉布国王的 77426 号法令，他要求……"

随着拉拉布国王妒忌心的加重，新法令也就层出不
穷，拉拉国的法官们都被这些奇奇怪怪的新法令弄得焦
头烂额，更不要说那些平民。监狱里关满了各种各样违
反国王法令的人，早就挤不下了，加盖新监狱的工程队
日夜加班也赶不上新犯人的增长速度。"你犯了什么
罪？""我也不知道，大人，我只是一个水管维修工，一
直遵纪守法。""哦，那你说，抓你的时候你在干什
么？""大人，那时我正在塔楼上为人家修理水管儿，水

管漏水了。""可能……可能……你违反了国王的限制攀高的法令，这样吧，你等着，我查一查条文好对你宣判。"

国王的法令实在太多了，足足有半间房子，而且不断地有新法令加进来。法官和他的助手查了三天三夜，他一脸茫然地站起来："累死我了……对了，你犯的是什么罪，我忙得给忘记了。"那个也跟着站了三天三夜的水管维修工一边打着哈欠一边回答："我也不知道，大人。我只是一个水管维修工。我可一直都遵纪守法。"法官看了看自己的助手："是不是，违反了……禁止维修水管的法令？我们再查一查！"

……

这一天，王宫外面来了一个老头儿，手里拿着一个灰黑色的药瓶儿，要求见一见拉拉布国王。"他是谁？"他是拉拉国最有名的巫师，拉拉卡。那天拉拉布国王的心情很是不错，他吩咐传令官："让他进来见我。"读过我另一篇《国王的冰山》的人也许会记得这个拉拉卡，他是一个博学的巫师，精通伦理逻辑学、巫师物理和巫师数学。巫师物理与巫师数学是区别于拉拉物理和拉拉数学的学问，所以拉拉布宣布抓那些数学家和物理学家的时候，拉拉卡逃过了一劫。"你拿的是什么？是献给我的么？"拉拉布国王一眼就看到了拉拉卡手里的瓶子。

拉拉卡对国王说，是的，它是送给国王的，这是他用三个月的时间新研究出的，用来治疗国王越来越重的妒忌病。拉拉卡说，之所以国王的妒忌心越来越重，是因为国王总是饮用拉拉山上拉拉泉的泉水的缘故。拉拉泉的泉水原本并不含让人妒忌的成分，但最近几年，它受到了一种叫妒忌兽的怪兽粪便的污染，而且那种怪兽越来越多。拉拉卡说，只要将他瓶子里面的灰色液体倒入拉拉泉，妒忌兽的污染就会得到解决，而且有驱赶它们不敢再靠近泉水的功效。

"那你告诉我，你瓶子里的液体，是用什么东西配成的？"拉拉布国王的脸色变得很难看。他的声音里也透露出一丝不耐烦，两丝凶恶，三丝妒忌来。拉拉卡虽然博学，虽然精通巫师数学和巫师物理，但终究是有知识盲区的，他从来没有学过察言观色的本领，所以他很有兴致地回答了国王的问题。他说，那瓶液体，主要的成分是一种桉树的树脂，芥子花的花粉，壁虎的尾巴，蚜虫的腿和花岗岩的粉末。那种桉树是一种大度的植树，拉拉国的大黑蚂蚁咬开它的皮之后它就渗出树脂来供蚂蚁吸吮；芥子花的花粉不介意飞来的蜜蜂采走了蜜，它是不妒忌的；壁虎在遇到危险的时候可以将尾巴丢弃，被丢掉的尾巴从来都不妒忌，它甘于用自己的摆动吸引猎手的注意……

"够了！"国王拉拉布站起来打断了拉拉卡的话，他指着拉拉卡的鼻子："你好大的胆子，竟敢说我拉拉布喜欢妒忌！你这样诽谤我，一定是妒忌我是拉拉国的国王，拥有你所没有的权力！你是妒忌拉拉泉的泉水只归我一个人享用！你这些小伎俩、小巫术，是骗不了我的！"

"尊敬的国王，我不是这个意思，我从未对您的权力产生过妒忌，拉拉卡只习惯专心研究巫师数学、巫师物理……"拉拉卡说着，他没有想到，他的话更严重地招致了国王拉拉布的妒忌："什么？你有了巫师数学、巫师物理就对我的王国我的权力没有了兴趣？难道，我的王国比不上你的巫师数学？气死我了！"

怒气冲冲的拉拉布根本不听拉拉卡的解释，"来人！把这个巫师给我拉出去砍了！你们到他家，把他的巫师物理、巫师数学，把他家里的所有书籍、用具，哪怕一毫米长的纸片，都统统给我烧毁！我要颁布一项新的法令……"

四

　　某天下午，一个失踪多年的渔夫，驾驶着一艘破得不能再破的船回到自己的家乡。据他说，他是在多年前去海里捕鱼的时候遇到了风暴，他和他的船被冲到了一座小岛，他迷了路，在那里生活了多年。回到家乡后，这个失踪多年的渔夫满怀兴致地敲开邻居的门，却发现他们都在整理自己的行李，准备逃亡。"拉拉国发生什么事了？"

　　邻居们告诉他，国王拉拉布的妒忌病越来越重，他的心和肝都已经被妒忌给占满了，妒忌大概已扩展到了他的腹部和四肢。因为妒忌，国王拉拉布的卫士们到处抓人，被抓的人根本不知道自己有什么错。

　　"一个大力士，因为长得比国王胖，力气比国王大，而被关进了监狱！"

　　"比他瘦也不行！拉拉冈镇的拉拉雨就是因为瘦被抓走的！"

　　"所有的绘画都被禁止了，因为画上的花会常开不败，草会四季常青，而国王后花园的花和草都做不到这些。"

"所有的牧童都不再吹笛子，因为国王不会吹；一年一度的骑马比赛也被禁止了，因为国王的马术算不上一流。拉拉山一半儿的树木都被烧毁了，因为树长在山上，显得比种植在王宫里的树高一些。另一半儿之所以没被烧掉，是由于没有人能到那么高的地方、跳过山崖去放火！"

"少女一出生就要被刻上皱纹，因为国王会妒忌她们比他的王妃年轻；在集会时，国王要是念出了错字你可千万别笑，否则他会妒忌你比他拥有更多的知识，就会敲掉你的牙齿，或者割掉你的舌头！"

"他妒忌王子的眼睛长得好看，就把王子的眼睛弄瞎了；一个大臣，因为腿长了一个恶疮走起路来一瘸一拐，而被爱妒忌的国王痛打了一顿；因为国王从未得过这样的病症！⋯⋯"

邻居们告诉他说，他们必须要逃离拉拉国了，因为他们不知道拉拉布明天会妒忌什么，自己的哪一点会招致国王的妒忌。现在，拉拉国人心惶惶，许多的人都开始准备逃离了。

"难道，我们拉拉国的臣民就没人反抗？"

"有，当然有啦，只不过，所有的反抗都很快就被镇压下去了，你知道，咱们拉拉国的人从来都是这样。有一些没有被砍掉脑袋也不肯向拉拉布国王服输的人，都被国王送到了一个叫拉拉瓦的小岛上。国王的卫士们在岛上挖个坑，把那些人像种树一样种到了地里——那可是一个肥沃的小岛！不出半个月，那些双腿被埋进土里的反叛者们就长成了树的模样，他们的脖子后面生出了枝条！"

那个刚刚回到故乡的渔夫听了之后，不禁泪流满面："看来，我刚辛辛苦苦地回来又得走了！我的腿长得比一般人都大，它终有一天会遭到国王的妒忌；我的左手长有六指，也许哪一天国王也会妒忌上它。再说，我在荒岛上生活的经验，一定会让国王妒忌死的！趁着我还有离开的力气，就跟大家一起走吧！"

……

五

餐桌上，国王拉拉布正在大发雷霆："你们给我看看！今天的黄鱼怎么这么小？难道你们在哄骗我不成？"
"报告尊敬的、万能的、至高无上的国王，这是我们今年
所能得到的最大的黄鱼了，为了得到它我们可费了不少
力气！""胡说！你是说，拉拉海里已经没有黄鱼了？"
"不是。拉拉海里还有鱼，只是，只是捕鱼的渔民没有
了。""渔民们都到哪里去了？""报告国王陛下，他们偷
偷地逃了。"

国王拉拉布又拿起一个灰色的小面包："你们给我看
看，今天的面包怎么又黑又小？是谁，克扣了买面的银
币？""报告尊敬的、万能的、至高无上的国王，谁也没
有克扣买面的银币，而是买不到品质更好的面，拉拉国
的农民们都偷偷地逃走啦。""那叫我的战士们把逃跑的
渔夫和农民都给我抓回来！快！""报告尊敬的、万能
的、至高无上的国王，您的士兵们也已经逃掉了大半
儿，如果您派剩下的士兵们去追，他们多半也会一去
不回！"

听了传令官的话，拉拉布的双眼因为妒忌而烧得通
红："气死我了，真是气死我了！这些散发着臭气的渔
夫，愚笨不堪的农民，竟然也能逃到别处去！可惜，我
是拉拉国的国王，没有逃到别国的自由……不行，我要

将他们抓回来！""尊敬的、万能的、至高无上的国王，他们肯定是抓不回来啦！"

拉拉城的审判

一

那日，拉拉城的市长拉拉布正在看《拉拉新闻报》，一个报道引起了他的注意。报纸上说，前日，拉拉城发生了一起火灾，烧毁了两栋房屋，警方怀疑是有人纵火，因为据当时参与救火的人说，在事发现场，他们看见有两个可疑的人先后从现场飞快地逃离，而且似乎脸上有被烟熏过的痕迹。"去，把警察局长给我叫来！"

警察局长赶到市长办公室的时候拉拉布正在发火。"你不是不知道，我最讨厌火了，我最讨厌失火了！"——拉拉布是对他的秘书在发火，原因是，这个秘书竟然在自己房间里烧毁废弃的文件，而这一举动恰被市长看到。"还有你！竟然让拉拉城出现失火，还是纵火！我们拉拉城是一座什么城？是一座文明、祥和、富裕、健康……总之美好得不能再美好的城市！我限你三天内破案，必须把疑犯抓到！不，我限你两天的时间，超出一分钟你就会被免职！我说到做到！"

警察局长当然知道拉拉布市长的脾气，于是，他马上赶回警察局："把城东警所的所长给我叫来！我给他三十个小时，把纵火的犯人给我抓到！"

"我限你在二十个小时内将人抓到，不然，你就会被免职！"

"听见没有，我限你在十八个小时内将他们抓到！是两个，不是三个，别抓三个……"

……

查找纵火犯的工作落到片警拉拉迟的头上时，时间只剩下两个小时了。"我可怎么办啊！"拉拉迟虽然抱怨着，可他却没有丝毫紧张的神情表现出来。他玩了一小时的拉拉牌，然后，走到马路上。

二

犯人是个中年男人，他似乎根本不知道自己的处境。

"你知道你是为什么被抓进来的么？"

"不知道，我也想弄明白啊，长官。"那个男人一脸无辜，"我走在路上，遇到一个警察，他看了我两眼让我跟他走，我就跟着他来了。我并不知道是什么事啊。"

"这个拉拉迟！"负责审讯的警长叹了口气，然后对另一个负责记录的警员说，"你把笔录马上做好，不然来不及了！我们也没办法换人了，就是他吧！"

"长官，我，我到底是犯了什么罪啊？"

"你好好想想！傻瓜！"

那个男人显得更加无辜，"我是真想不起来啊长官，我已经想了一路了，我的脑袋都已经想得痛了长官……"

"记住，你是纵火犯，你烧掉了拉拉城的两栋房屋！"

"可是，我没做啊，我没有烧过房屋，连一根木头、一张纸片都没烧过……"

"我们说你做了你就做了，快点儿！不然时间来不及了，你记住，你是因为纵火给抓进来的！如果说错了，罪加一等！"

三

犯人终于押到了警察局长的面前。

"这就是那个纵火犯？"

"他们说是，长官，可是，我真的没有纵火。"那个很无辜的男人抢在押送他的警员的前面回答。

"那他们为什么说是你呢？"

"他们……长官，他们说我在那个街区出现就有嫌疑，因为那个街区刚刚发生了火灾。他们说我在那个街区出现是去打听消息的，可是，我只是路过，长官，不信你去查一下，我只是出来打酱油……"

警察局长皱了皱眉头，"这些人也真是……还有另一个人呢？"

"他们正在全力追捕，局长大人，应当马上就能抓到！"送犯人来的警员直了直身子，响亮地答道。局长对他的响亮很满意，但很不满意他的回答——"算啦！告诉他们，纵火犯只有一个人，听到没有！这些傻瓜，没有一件事办得让人放心！"

回过头来，警察局长盯着那个依然一脸无辜的犯人，"说说吧，你是怎么纵火的，为什么要纵火？"

"长官，我，我真的没有纵火，我是冤枉的！我只是……"

"混蛋！难道他们没教你怎么说么？"

犯人把头低了下去，"教过，长官。可我不应当承认自己没做过的事，这事您也很清楚。我家里还有年老的母亲，我还有……"

"够了！我们拉拉城的法律，不会冤枉任何一个好人，也不会放过任何一个坏人！在拉拉法律面前当然是人人平等，你要在意自己的母亲就不应当去纵火！"

……

四

　　警察局长在向拉拉布市长汇报案件结果的时候，拉拉布市长正在向他的秘书发表演讲："我们拉拉城是一座文明、祥和、富裕、健康……总之是美好得不能再美好的城市！我们拉拉城是一座希望之城，正义之城——你说什么？抓到了？好，好，我就说么，我们拉拉城是一座文明、祥和、富裕、健康……总之是美好得不能再美好的城市！你把犯人给我带来，我要亲自审判！"

　　面露难色的警察局长吞吞吐吐："市长大人，这个，犯人……我早将他关进监牢了，你看，是不是……你就不用见他了，他那样子会让你心烦……你直接宣判就得了。"

　　那天拉拉布市长有着很高的兴致。"不，我要见一见，我要看看，是什么人在给我们这座文明、祥和、富裕、健康的美好城市抹黑。关于这件事的处理，要马上见报！"

　　"是的，市长，请你放心！"

犯人终于押到了市长的面前。

"你就是那个纵火犯？"

"他们说是，长官。"男人用很低的声音回答。

"他们说？他们为什么说是你呢？"

"他们……长官，他们说我在那个街区出现就有嫌疑，因为那个街区刚刚发生了火灾。他们说我在那个街区出现是去打听消息的……"

拉拉布市长皱了皱眉头，"这些人也真是……还有另一个人呢？"

"他们……没有另一个人，那只是我的影子，长官。"

"那，说说吧，你是怎么纵火的，为什么要纵火？"

"我……我没什么理由。我大概是看着房子不顺眼，长官，我失业了，肚子里有股火没处发泄，它总是冒些小火苗，于是就……"

市长点了点头，"行，这是个理由。那你是怎么纵火的，又是怎么跑掉的？"

男人低着头，他的表情看上去有些发木："我用火柴，点着了堆在房间外面的草……"

"胡说！"市长拍了一下桌子，"报纸上没有提到房间外面有草！报纸上说，你是点着了椅子！你肯定使用了汽油！"

"是是是，我是点着了椅子，我使用了汽油……我发现火大起来了，就乘着混乱从拉拉明大道朝拉拉朋大道的方向跑去……"

"你又胡说，看你再胡说！报上明明写着，你是朝拉拉月大道跑的……"

犯人一脸的苦相，"看我这脑子！我是朝拉拉月大道跑的，长官。"

"那你脸上的灰……是怎么回事？"

"长官，他们说，这样看上去更像。是我在纵火的时候不小心沾到脸上的。"

看得出，拉拉布市长对这个犯人的回答还算满意。"我们拉拉城是一座文明、祥和、富裕、健康……总之是美好得不能再美好的城市！我们拉拉城是一座希望之城，正义之城——所以，你纵火是不对的，我们所不能容忍的！你在破坏，毁灭，用心实在险恶……念你认罪态度还算老实，我宣布……"

五

"去，把警察局长给我叫来！我要免他的职！"

警察局长气喘吁吁地来了，他站得就像一个矮冬瓜。他想不透，拉拉布市长为什么要发火。

"看你干的好事！"市长将一张报纸扔到他的脸上。

"我，我按您的吩咐，已经……已经登报了啊！我们拉拉城是一座文明、祥和、富裕、健康……总之是美好得不能再美好的城市，它是不容破坏的——"

"你给我仔细看看！"

局长拿起报纸。它并不是市长常看的《拉拉新闻报》或《拉拉繁荣报》，而是一张《拉拉墙角报》。上面报道了前几日拉拉城失火的消息，并说失火原因已经查明，并不是因为人为纵火，而是因为某户人家的电器年久失修，造成了短路，进而引发了失火。上面说，拉拉城的警察、消防、卫生等部门对这一失火高度重视，事发后马上成立领导小组，派出大量相关人员组织灭火，抢救人员和物资，对事故原因进行细致周密的检查，取得了显著成效……

"你说，这是怎么回事！你必须给我说清楚！"

警察局长思考了三分钟，然后回答，《拉拉墙角报》的消息是错误的，他们弄错了，他们根本是在胡编乱造，明明是纵火，犯人就关在监狱里，《拉拉新闻报》和《拉拉繁荣报》都报道了市长亲自过问、仅用两天时间就把犯人捉拿归案的新闻，可现在，他们非要说成是……也许，写这个消息的记者别有用心。他肯定是别有用心，把他抓来，一问就清楚了……

哼，拉拉布市长重重地出了口气，"我们拉拉城是一座文明、祥和、富裕、健康……总之是美好得不能再美好的城市，怎么能容忍这种别有用心的人存在？他们会严重损害我们城市的形象，损害我们的声誉，以达到他们不可告人的目的……去，把这个记者给我抓起来！我限你三天……不，两天的时间！"

六

等这项工作落到片警拉拉迟的头上时，时限已被缩短成两个小时了。

"唉，我可怎么办啊！"拉拉迟虽然抱怨着，可他却没有丝毫紧张的表现。他又玩了一个小时的拉拉牌，然后，戴上手铐，走出了警局。

拉拉果公主的童话书

一

几乎所有拉拉国的人都知道，国王拉拉布非常疼爱他的女儿拉拉果，这个已经并不年幼的公主是他的掌上明珠。同时，几乎所有拉拉国的人也都知道，这位拉拉果公主养在宫殿里，基本足不出户，她最大的爱好就是阅读所有能看到的童话书。大家都说，公主一定是个快乐的人。

可是最近，拉拉果公主一直闷闷不乐。她在观看拉拉剧的时候显得无精打采，并且几次拒绝了平日爱吃的拉拉沙拉和拉拉樱桃。要知道，拉拉布非常非常疼爱自己的这个女儿，她的变化自然也让我们的国王坐卧不安："究竟发生了什么？我的女儿为什么闷闷不乐？她有什么不满足？"宫女去问，拉拉果公主一言不发，还摔掉了一个拉拉熊水杯。拉拉国的王后，也就是拉拉果的母亲去问，拉拉果公主还是一言不发，她踢掉了盖在腿上的拉拉被。

看来，只得拉拉布国王亲自出马了。

"我的女儿，长在我心上的石榴果，长在我肉里的石榴果，你究竟为了什么，为什么这么忧郁？你想要什么我都会给你满足！"

开始，拉拉果公主依然没有回答，她像对待宫女和自己的母亲一样，手里捧着一本童话书，背对着焦急的国王。没办法，拉拉布国王只好再次细声询问："我的女儿，你怎么啦？长在我心上的石榴果，长在我肉里的石榴果，你究竟想要什么？只要说出来，我都会答应你，让你得到满足！"

终于，嘟着嘴的拉拉果公主说话了。她说，父亲，我为什么没有一个后母？我为什么总是得到你和母亲的关爱？童话里的公主遇到的可不是这样！她们不是遭到遗弃就是被凶恶的后母虐待，唉，为什么我这么不幸，不能过上和童话里公主们一样的生活！

"唉，我的女儿，长在我心上的石榴果，长在我肉里的石榴果，你就是为这事不高兴？"

是的，是的。我真是不幸。拉拉果公主哭了起来。她哭得拉拉布国王的心都快碎了，何况，拉拉布国王也有找一个新王妃的想法。"好，好吧，我答应你，我会马上给你找一个后母！"

二

国王贴出了告示，几乎所有拉拉国的人都知道，拉拉布国王要选新王妃啦！

"留留娜王妃怎么啦？她生病了吗？"

"不，她没有生病，是我们的国王把她打入了冷宫！"

"没听说她犯过什么错！她可是一个好王妃啊！"

"她犯下的错就是生了一个爱看童话的女儿！"

"你是说，聪明、漂亮的公主拉拉果？她又怎么啦？这和她有关系么？"

告示前面的议论被打断了，因为，国王的侍卫们赶了过来："谁在议论国王和公主？小心割掉你们的舌头！"

那些人赶紧捂住自己的嘴。拉拉布国王一向说到做到。临走，有人小声说了一句，"留留娜王妃可是留留国的公主！我们国王这样对待她，要是让留留国的国王知道了……"

"谁还在说！看谁敢再说国王的坏话！"侍卫们恶狠狠地追了过来。

三

然而公主还是闷闷不乐。"我的女儿，长在我心上的石榴果，长在我肉里的石榴果，我已经按你说的做了，你为何还不高兴？"

公主说，尽管她有了一个后母，尽管后母也像童话里那么漂亮，但后母就是不够凶恶。

"唉，我的女儿，长在我心上的石榴果，长在我肉里的石榴果，她已经是我们拉拉国最符合你条件的人了，据说，在家里，她足够凶蛮呢。"

公主说，可她对我不够凶，可她总是讨好我，不让我干活。

"长在我心上的石榴果，长在我肉里的石榴果！她知道你是我的掌上明珠，当然不敢啦！这样吧，我让她按照童话里的方式去做！"

……几天过去了，可怜的拉拉果公主还是闷闷不乐。"我的女儿，长在我心上的石榴果，长在我肉里的石榴果，她已经按照童话里的方式去做了，你为什么还不高兴？"

公主说，亲爱的父亲，伟大的国王，她是按照童话里的做了，可是，可是我根本做不来那些粗活，而她，竟然也不惩罚我！

"惩罚？不，长在我心上的石榴果，长在我肉里的石榴果，惩罚就免了吧，哪怕拔掉你头上的一根头发，我也会心疼半天！谁不知道，你是长在我心上的石榴果？"

不，不行。公主又噘起嘴，轻轻抽泣起来：童话里都是那么写的！

"好好，长在我心上的石榴果，长在我肉里的石榴果，我答应你！"

……又几天过去了，我们的拉拉果公主还是闷闷不乐。"我的女儿，长在我心上的石榴果，长在我肉里的石榴果，她已经按照你的要求去做了，你为什么还不高兴？"拉拉布国王又来问。

"她应当让我穿粗布的衣服！童话里是这么说的！还有，她的惩罚，她应当更严厉一些，童话里的后母都是那样！"

没办法，我们的拉拉布国王只得答应："好吧，我的女儿，长在我心上的石榴果，长在我肉里的石榴果，我满足你的所有要求。"

四

新王妃应当有一面镜子，它有一些魔力。每当新王妃向它询问"在拉拉国里我是不是最美？"的时候它必须做出回答。这当然难不倒拉拉布国王，要知道，在拉拉国，有一位很有法力的巫师，他的名字叫拉拉卡——

"去，把拉拉卡给我找来！新王妃需要一面有魔力的镜子！"

　　一面有魔力的镜子，它是个难题。你还别说，经过三天三夜，拉拉卡还真的造出了魔镜，新王妃站在它的面前，向它询问："在拉拉国，我是不是最美的女人？"它的回答是，不，尊敬的王妃，你还不是最美的，在拉拉国，最美的是拉拉果公主。这面魔镜让国王和公主不停地赞叹，美中不足的是，魔镜发出的声音有些沙哑，这是因为巫师拉拉卡由于连续熬夜精力不够集中，在最后阶段打了一个瞌睡的缘故。

　　过了没多久，沉浸在童话里的拉拉果公主又有了新的要求，她说，这个后母应当想办法害她，给她一个有毒的苹果。"这可怎么办？"面对哭成泪人的拉拉果，国王的心都碎了。

　　"去，把拉拉卡再给我找来！"

　　拉拉卡也找不出让公主沉睡又不会被毒死的办法，他的《拉拉巫术大全》《拉拉巫术辞典》《拉拉巫术秘籍》中都没有这样的记录。"我不管！你必须想一个办法！必须和童话里一模一样！要多少赏金都行！"没办法，拉拉卡只得答应下来，不过，他要国王给予他充分的时间，做一个前所未有的巫术没有时间可不行。至于公主那里，拉拉卡给国王出了个主意：按照童话发展的顺序，拉拉果公主应当先到森林里去找七个矮人。有毒的苹果是后面的事，并不急于发生，现在，更应当安排公主进入森林。"好主意！就这样办！来人，马上到拉拉谷的森林里去，按照童话故事的样子给我做好安排！"

趁着拉拉布国王高兴，平日爱多说几句的拉拉卡忍不住了，他对拉拉布国王说，现在，拉拉果公主的要求暂时得到了满足，尊敬的、万能的、至高无上的国王是不是可以把心思多用一些在国家的事上，拉拉山南边的拉拉平原已经连续两年大旱，而拉拉山北部的……"够了！你凭什么对我的所做指手画脚！我才是伟大、万能、至高无上的国王！我的所做从来都是对的！"也就是那天拉拉布国王高兴，"要不是看在你制造魔镜、想出办法让公主满意的份上，要不是看在制造毒苹果你还有用的份上，我一定会砍掉你的头喂我的拉拉鹰！我说到做到！"是的，拉拉布国王说到做到。

五

　　前面提到，拉拉国的旧王妃留留娜原是留留国的公主。留留国在拉拉国的北方。留留娜公主在嫁到拉拉国不久她的父亲就死去了，现在，她的哥哥留留多是留留国的国王。留留娜王妃被打入冷宫的消息已经传到了留留国，留留多当然很不高兴啦！要知道，留留国在拉拉国的北方，留留多国王可知道冷宫有多么的冷，他听到这个词的时候都连打了三个寒战。

"不行！一定要把我妹妹救出来！我说到做到！"

"我一定要抓住拉拉果，我一定要把她关进留留国的冷宫里！我说到做到！"

第二天上午，天刚刚亮，负责打鸣的公鸡还没有完全睡醒，留留多国王就带着大军出发啦！

六

护送拉拉果公主的队伍在拉拉谷谷口遇到了留留多国王的大军。

"你们是谁？你们是干什么的？"

"我们是留留国的部队！你们又是谁？"

"我们是拉拉国的侍卫！我们要护送拉拉果公主进

入拉拉森林！在那里，她马上要遇到收留她的七个矮人！你们让开，你们的到来可不是童话故事里的内容！"

"收起你的童话吧！本来就不是童话！"留留多国王坐在马上，他用马鞭指着昂着头的侍卫："你们把拉拉果公主交给我就行啦！"

"不行！我们回去怎么交代？"

"你们就说，留留国发兵来啦，留留多国王接他受苦的妹妹来啦！"

这时，穿着仆人衣服的拉拉果公主从轿子里探出头来，她还提着一个竹篮："你走吧，等过些日子让王子再来！他要吻我，把我吻醒，童话故事里是这么说的。"

……

七

后面的事情你都知道啦，拉拉布国王受到了惩罚，要不是古古娜王妃求情，留留多国王肯定会多踢几下他的屁股。那个可怜的拉拉果公主，被说到做到的留留多国王抓回了留留国，要不是古古娜王妃求情她肯定会被关进真正的冷宫——就是这样，怒气难消的留留多下令，把拉拉果公主关在一个古堡里，让她永远都不要出来。不过，经古古娜王妃求情，拉拉果公主在古堡里还能继续看她的童话书。

关在古堡里的拉拉果会怎样？你不用急，我们可怜的拉拉果公主也不急：因为公主被人关起来的故事在童话里早就有了，没什么大惊小怪的，现在，她终于过上了和童话里一模一样的生活。古堡的对面有一个大大的池塘，可怜的拉拉果公主经常坐在水边，盯着水面看。那是一个春天柳树刚刚发芽，池塘里的小鱼儿游得很慢，因为水还太冷。

拉拉果公主坐在水边干什么？她在等池塘里的水变暖，等池塘里出现比小鱼儿更多的蝌蚪。这些蝌蚪终有一天会变成青蛙，而这些青蛙里，终有一个会是受到魔法诅咒的王子——拉拉果公主是在等待池塘里的青蛙一多起来，她就想办法去吻那些能够抓到的青蛙，她的吻能破掉魔法的诅咒，然后，变回人形的王子就能把她解救出去，并最终娶了她，一生一世在一起，过着幸福美满的生活——童话故事里都是这么说的。

国王的宫殿

一

那日，拉拉国国王拉拉布从一个令人不安的睡梦中醒来，他决定，把自己的宫殿建在拉拉贡山，那是拉拉国最高的一座山峰，史书上说，那是一座火山。

"为什么要把宫殿建在拉拉贡山？"

"因为国王的梦。国王梦见，自己死后，变成了一只鹰。"

"可是，为什么要把宫殿建在拉拉贡山？"

"因为国王的梦。我们的国王是历史上最伟大的国王，所以，他要把宫殿也建在最高的山上。国王觉得，自己在最高的山上建宫殿，就能和神仙们接近一些，就能让自己的灵魂接近天堂。"

"可是，拉拉贡山是火山啊，为什么要把宫殿建在拉拉贡山？"——这是个问题，还真是个问题。传令官也弄不明白。所以，国王的亲信、大臣拉拉里只好自己去问国王了。

拉拉布的回答是，火山有什么可怕的？山脚下不是住着不少的居民么？而且，这座火山显得那么坚固，自他记事起就没有喷发过，自他父亲老国王记事起就没有喷发过，所以，根本没什么可担心的。

"尊敬的、万能的国王，如果选择一个高处，您也可选择在拉拉齐山上建您的宫殿啊，那里从来就没有发生过火焰的喷发；尊敬的、万能的国王，您应当知道，在拉拉贡山脚下的那些居民都是被您和您的父亲流放的人啊，他们没有别的去处，也不能有别的去处……"

"那现在，他们有别的去处了——我宣布，将那些流放者再流放一遍，至于流放的地点……那就在拉拉海的苦海边吧，让鳄鱼和水蛇替我继续惩罚他们！"

"可是……"

"拉拉里，你觉得我的命令可以更改么？"国王沉下了脸，"我在梦中梦见的就是拉拉贡山，这辈子，我就没做过如此清晰的梦！这肯定是上天的旨意！再说，"拉拉布擦了擦脸上的汗，"在这个炎热的地方居住我已经受够了！你知道哪里能比拉拉贡山上更凉爽呢？"

是的，拉拉国的炎热是出了名的，因为它在赤道上。拉拉国能有多么炎热？如果您读过我另一篇《国王的冰山》就知道啦：这么说吧，海边的乌龟刚爬到岸上，就得一路小跑又回海里去，它会觉得沙滩上的沙子里面藏了火焰；谁家的大米要是在太阳底下放的时间略长了些，就会收获一大堆的爆米花儿；要是一只鸡在街上走没有找到阴凉的话，它会走着走着变成熟透的烧鸡，在很远的地方就能闻到香味儿。也就是在那篇《国王的冰山》中，我已经告诉了大家：国王的宫殿恰恰就在赤道上。所以他要在凉爽些的山上去建造自己的新宫殿。

为什么说大臣拉拉里是国王的亲信呢？本来他是反对在拉拉贡山上建宫殿的，但听了国王的话，他马上赞扬起国王决定的英明，并向国王建议：新宫殿一定要建得高大气派，让山下的臣民都能看到它的巍峨壮观，让山下的臣民从内心里叹服敬畏；新宫殿要用拉拉国最好的设计，要用最好的工匠，要用最好的木材和石料，要用最好的……反正，一切都要用最好的，以显示拉拉国雄厚的国力，显示国王的英明正确、高高在上，显示国王的勇敢无畏、高瞻远瞩；新宫殿建成之后，一定要请拉拉国和周围国度里最有影响力的诗人、画家参观，让他们写下赞美的诗篇，把雄伟、阔大、庄严的宫殿永远留在图画里……

"我也是这么想的！"刚才还沉着脸的国王拉拉布终于绽开了笑容，"还是你知道我啊！这些事，就由你去办吧！"

二

当然不是所有的大臣都像拉拉里那样熟悉国王的脾气，譬如说，负责国家地理勘测的大臣拉拉空。接到国王在拉拉贡山建造宫殿的消息时他正在拉拉泽，他的马队陷在了沼泽中。站在马背上，拉拉空给国王写了一封长长的信，信上说，拉拉贡山上不适合建造宫殿，对此他有详细的勘察，如果国王一定要选择一处新址那也应当选择……还有，负责国家历史资料汇编的大臣拉拉博也提出异议，当时他正饱受痔疮的折磨，去拉拉布的旧宫殿还是趴在床上，由四个人抬着进去的——他对国王拉拉布说，一向英明正确、光荣伟大的国王啊，您知道，我一向对您忠心耿耿从来没有反对过您的任何决定，当然这次也不是反对，而是，而是我觉得有点不妥，为什么不妥您只要翻翻拉拉国的历史就知道了：拉拉贡是一座危险的火山，它三百年前曾经喷发过一次，五百年前曾经喷发过一次，一千三百年前曾经……"够了！"拉拉布没有让一向忠诚的拉拉博将话讲完，"三百年了，一次也没有喷发过，你怎么知道它还会喷发？我，拉拉布，所建立的功勋应当比任何一代国王都要大得多吧，所受到的称颂都要多吧，难道我，伟大的国王会向火山低头？再说，除了拉拉贡山，还有哪座山能配得上拉拉布国王的伟大、卓越、光荣？你给我说！"

要知道，拉拉布国王一向不允许别人质疑自己；要知道，因为地处热带的缘故，拉拉布国王可是一个暴脾气。为此，国王下令，拉拉空的马队就陷在沼泽里吧，什么时候他们都长成拉拉泽里的拉拉皮树再将他们移回来；至于趴在床上向国王进言的拉拉博，既然他那么喜欢趴在床上，那就让他永远趴下去吧，以后永远不许再站起来……痔疮是个问题，那就割掉它算了，包括拉拉博的半个屁股。

作为警示，负责建造宫殿的拉拉里命人把国王对拉拉空、拉拉博的处罚制成告示散发到各处，并且在拉拉国的各个路口都写下标语："反对国王建宫拉拉贡山绝没好下场！""敢于反对伟大的国王，就让你烂屁股！""建宫拉拉贡，开创新纪元！"

……

所有人都知道了国王的决定，当然，所有的人也都知道，拉拉布国王是一个暴脾气，他一向不能容忍别人的质疑。无论是国王的大臣，还是拉拉国的百姓，如果在交谈的时候谈到拉拉贡山，谈到国王的新宫殿，肯定要不住点头，好，好，真是伟大。只有我们伟大的国王才有如此魄力，只有我们伟大的国王，才敢于把宫殿建造在最高的山上！

是不是所有的人都不再反对国王拉拉布在拉拉贡山上建造宫殿了？也不是。

有个在拉拉国乡下讲故事的盲艺人出来反对，他的理由和拉拉博的理由大致相同；还有两个猎人，他们说，拉拉贡山顶上的拉拉加湖最近一段时间总是冒出暗红色的气泡，而拉拉雁也不再在拉拉贡山的山顶上落脚，它也许是在提示，拉拉贡山最近有喷发的迹象……

拉拉贡山脚下的那些流放者也开始反对，他们好不容易才在这片土地上扎下了根，现在又要将他们连根拔起，而那个新流放地，拉拉海的苦海边，据说除了蚊子，就是可怕的水蛇和蜘蛛，以及吃人的鳄鱼……"我们可不愿意再去那个鬼地方啦！""尊敬的国王啊，我们再也不愿意对您的命令指手画脚啦！请饶恕我们吧！""我的这把老骨头，就是死，也要死在拉拉贡山！"

于是，万能的国王颁布了新的法令：无论是谁，只要反对在拉拉贡山上建造新宫殿，就是反对国王和王国，就是想要谋反，而谋反的后果当然是：杀头。至于那些死也不肯离开拉拉贡山脚的流浪汉，也好办，就把他们的骨灰丢进三百里外的拉拉海，让他们永远也不可能再回来……

三

这一下，应当没有谁敢再反对国王的决定了吧？

不，还有一个人。他是拉拉国的巫师拉拉卡，在《国王的冰山》《拉拉果公主的童话书》《拉拉布的炉忌》等小说中我曾提到过他，他是一个博学的人，严谨的人，问题是，这个博学的人一直都没学会说谎。

他来到拉拉布的宫殿里。那时，拉拉布国王正坐在浴盆里发火，原因是，一个侍卫竟然在给他扇扇子的时候打起了瞌睡——拉拉布国王要砍掉他的手，"我看你还敢怠慢不！你竟然敢如此对待伟大的国王！真是气死我啦！"

国王转过身子，"拉拉卡，我知道你懂得最古老的巫术，懂得解梦和占卜，那好，你给我解释一下，我梦见自己变成了鹰，究竟是不是好事？"

"当然，当然……"拉拉卡虽然没学会说谎，但他也清楚，拉拉布国王可不是好惹的。是的，按照《拉拉解梦学》中的解释，死后变成鹰并不是一个不祥的梦，它意味着……拉拉卡向国王做了说明，他的解释让国王感到很高兴："你真是一个博学的人！我要赏赐你，你说，你想要什么吧！金钱？美女？还是官职？万能的国王会满足你的愿望！"

但拉拉卡没有要这些。他要的是，请尊敬的、万能的国王能听他把话讲完。

"好，你就讲吧！"虽然旁边有大臣拉拉里制止，但拉拉布国王还是表现了巨大的兴致。

"还请尊敬的……嗯……伟大的国王不要生气，请您答应，如果我的话冒犯了您，您也别砍我的头……"要知道，拉拉卡的头已经被拉拉布砍过一次了，好在，拉拉卡懂得古老的巫术，被砍掉的头又重新长了出来，但新长出的头就少了一些，并且远不如过去的那个头坚硬、聪明。

"好，我答应你！"

拉拉卡说，尊敬的国王，我绝对没有反对您的意思，半点儿也没有，我的话，是出于对国王陛下的负责：拉拉贡山上确实不能建宫殿，它是一座活火山，并且最近就有喷发的迹象，这点儿，巫师数学可以证明……

"住嘴！"站在国王身后的拉拉里终于站了出来，他一向都和拉拉卡不和，虽然他也是一个博学的人，但在拉拉国，拉拉卡的名声比他的可大多了："你这话是什么意思？你想用你的巫师数学来否定国王的正确？"

拉拉卡急忙解释，不是，不是那个意思，我的意思只是……

"你的意思是，国王不懂巫师数学就会犯错误？只

有你，博学的拉拉卡，精于巫术又懂得数学，只有你才
是正确的？"

拉拉卡急忙解释，不是，不是那个意思，我的意思
只是……

"你口口声声说你不是反对国王，却一心想让国王
收回已经发出的命令；你口口声声说你是为国王负责，
可国王一旦收回命令他的威信就会让人怀疑，之后他的
命令在执行上就会大打折扣……你到底是什么意思？"

拉拉卡急忙解释，不是，我真的不是那个意思，我
的意思只是……尽管他精通拉拉巫术、拉拉数学、拉拉
物理和拉拉解梦，可在拉拉里的追问中他显得异常笨
拙，仿佛他的嘴里面塞着一块厚厚的布。"对了，国王，
你看那条线！我们从那条线开始说起吧！"拉拉卡急中生
智，他掏出他的拉拉魔镜，"我的意思是……"

"够了！"暴脾气的国王开始发火，他的耐心已经消
耗尽了："你不要多说啦！难道你不知道，拉拉贡山上的
宫殿已经开始建造？最好，趁着我的好脾气还没有完全
用完，你马上给我滚出去！否则，会有你好看！"

"不是啊国王，尊敬的国王，巫师数学里已经计算
得很清楚，拉拉贡火山可能在最近几年里就要喷发，火

热的岩浆足够焚化掉所有的宫殿！请允许我给您演算
一遍！"

哼，拉拉里再次跳了出来，"万能的国王，他这是
诅咒！"

"拉出去，把他的脑袋给我砍下来！"

拉拉卡急忙争辩，尊敬的、伟大的国王，您刚才已
经承诺，是不砍我的头的，我知道您从来都是说一不二
说话算话的……"好，那就不砍！来人，把这个胡说八
道、扰乱人心的拉拉卡给我拉出去，把他的脑袋用木棍
敲碎！我一向是说话算数的！"

四

……长话短说一直是讲故事的原则，在这里，我们
也严格遵循这一原则：用了四年的时间，不多不少，整
整四年的时间，拉拉布国王的宫殿终于建成了。从下向
上看，它金碧辉煌，耸立在抬头仰望的云端，简直像是
在仙境；而从上向下看，世界上的所有事物都变得微
小，小得如同是蚂蚁和尘埃。

　　宫殿建得怎么样？这样说吧，真的是壮观极了，雄伟极了，气派极了，富丽极了……五步一楼，十步一阁，如果没人引路，那宽大而曲折的走廊简直就像是一座迷宫，一不小心就会迷路；而如果你静下来，坐在任何一处，就会发现无论是石是树还是楼阁，它的景致都安排得极其精心，宫殿的门窗、廊柱、屋檐也都有细致的雕饰……这样说吧，为了建造这座伟大的宫殿，拉拉雨山、拉拉寸山的树木都被砍光啦，国库里的黄金不够，拉拉雨山的金矿也全部开采了出来；而在建造宫殿的过程中，那些病死的、累死的、处死的、不明不白死去的工匠们的尸骨埋在一起，几乎形成了一座小小的山峰……这样说吧，战战兢兢来到宫殿里的诗人们一下子就被眼前的景象惊呆了，他们在自己的大脑里搜索着那些赞颂的词儿，然而一进宫殿，他们发现原来有的词儿根本无法说尽国王宫殿的华美。战战兢兢的诗人们绞尽脑汁，想了七天七夜，最后，推举一个德高望重、总是不停咳嗽的诗人代表他们献上他们集体的诗句。

　　那首诗，其实只有两个字：天堂。

　　是的，天堂。

　　"这是你们用七天七夜才想出来的？"拉拉里拉下了

脸，诗人们更加战战兢兢，特别是那个德高望重的老诗人，他抖成一团儿，都忘记了咳，把所有的痰都咽了回去。"好，好诗！"拉拉里笑了起来，"国王看了你们的献诗，很是喜欢！天堂，就是天堂！难道，你们觉得还要用多余的字么？"

屋子里所有的诗人都长长地出气，他们出的气太长了，里面还夹杂着异样的气味。拉拉里捏住自己的鼻子，对诗人们宣布："国王已经颁布命令，要好好地封赏你们！"

"国王万岁！"

"愿伟大的国王永远健康！"

"拉拉国是世界上最伟大的国度！拉拉布是世界上最伟大的国王！"

……

是的，轮到战战兢兢的画家们上场了，他们发现，即使用尽最鲜艳的颜色也无法画出国王宫殿的华美富丽，而他们也不能像诗人们那样，在画布上写下两个字："天堂"。诗人们堵住了他们的路径。同样，战战兢兢的画家们绞尽脑汁，想了七天七夜，其中两个画家因为思考还不小心掉进了水池。七天七夜之后，同样是一个年老的、德高望重的老画家作为代表，战战兢兢地跪到国王的面前。

"你们画好的画呢，带来了没有？"

"回禀尊敬的陛下，带来了。"

"那它们都在哪里？"

"它们……"画家拿出的是一张张白纸。

"你们是什么意思？"

战战兢兢的画家（他本是一个结巴，而因为战战兢兢的缘故，他结巴得更加厉害）对拉拉布国王说，我们绝绝绝没有欺欺欺欺骗您的意思，之之之所以交交空白的画画画布，是是是是因为宫宫殿太太美了我我们无法描描绘它它它的美，美。面面对宫殿的美美我我们都无无无从下笔，我我我们画画不出这这份美。我我们宁宁宁愿受惩惩罚也也也不不不敢下下笔……我我我们从未见见过这这这么美美的建建筑……

"我喜欢这个回答！传我的命令，赏！并要张贴告示，从今日起，谁要是敢偷偷画我的宫殿把它画得不够完美，一律杀头！"

五

我们不要忘记巫师拉拉卡，他已经很久没出现
了：他当然还活着。拉拉布国王命令砸碎他的头，这个
命令得到了严格的执行——好在，精通巫术的拉拉卡早在
进宫之前就吞下了配好的药水，现在，从被砸碎的头的
那地方又长出了一个新的头，只是比上一个头更小了
些，也有些扁，而头发则更为稀疏。

那么，他去了哪儿？

拉拉卡一直待在拉拉贡山上，他一边认真研究自己
的巫师数学，一边对拉拉贡山进行仔细勘探，和山上的
鸟、野兽们说话。这些日子，拉拉卡更加忧心忡忡啦！

为什么？

因为按照他的巫师数学推断，拉拉贡火山马上就要
喷发了。

它，恰好会吞没国王新建的宫殿。

拉拉雀听到大山里面岩浆的涌动，它告诉拉拉
卡："山的肚子太热啦！拉拉雀得离开啦！我得赶快搬走

我的巢！"

而拉拉蛇，它不停地吐着信子："地要崩了，我的肚皮感觉得出来！它正在颤呢，不信你就趴在地上！像我一样走路！"

累了，拉拉卡坐在一棵拉拉果树下，他刚坐下，树上的拉拉果们就都掉了下来："好心的拉拉卡！"拉拉果树一边抖下自己的果实一边长长地叹气，"火山就要喷发了，我就要被烧死啦，好心的拉拉卡，请你把我的拉拉果都带走吧，让它们好在别的地方生根发芽！"

正说着，一只拉拉鼠也从树上跳了下来，"先给我两颗！这么远的路，我可不想把自己饿着！难道，你就不怕火山爆发么？你怕不怕饿着肚子？那滋味，唉！我可不想再来！"

……拉拉卡走到拉拉贡山顶，那里有一个拉拉加湖。湖水里冒着红色的气泡，它们已经越来越密集了。"快走开！"湖里的拉拉灰鱼很不友善，它张大嘴，向着拉拉卡露出它尖利的牙。

"拉拉灰鱼，你能不能告诉我，那些气泡……"

"不告诉你，就不告诉你！"它甩一下尾，潜向远处。

这时，另一条拉拉灰鱼游了过来，它告诉拉拉卡，最近这条拉拉灰鱼总是异常烦躁，也没办法不烦躁，它还是壮年，而火山马上就要喷发了。

"那些气泡……"

是啊是啊，它就是将要喷发的征兆，已经很多年了，不过，最近这些日子，它们越来越多，越来越大，而且热乎乎的，再这样下去哪条拉拉灰鱼也受不了。

拉拉卡向天上的拉拉雁询问，它们总是飞在高处，去过许多的地方；他向封在琥珀里的一只蜜蜂询问，因为琥珀是透明的，它看见过几百年来拉拉贡山上的事儿……"不行，我得告诉拉拉布国王！"拉拉卡想了想，"至少，我得通知居住在拉拉贡山下的居民们，好让他们躲过这场灾难……"

怎么通知拉拉布，让他相信自己所说的话？对拉拉卡来说，还真是个难题。

他还真不知道应该怎么办才好。

六

"拉拉里，告诉我，那些人，那些居住在拉拉贡山下的百姓，他们为什么都在向外面走，并且带着自己的物品？"拉拉布国王坐在马车上，向身侧的大臣拉拉里询问。

"回禀伟大的、万能的国王，他们是受到了拉拉卡的蛊惑，那个万恶的拉拉卡，因为没有得到万能的国王的信任，就在百姓中间散布谣言，让他们更加混乱！"

"传我命令，马上把拉拉卡找到，把他的头再砍一次，不，三次！要让人在百姓中辟谣，让他们知道，我们的拉拉贡山是坚固的，是永远不会垮塌的！"

"请您放心，我们一定会按照您的命令执行！"

再往前走，拉拉布国王又产生了疑问："拉拉里，那些树上的鸟，为什么飞得这么慌乱？"

拉拉里派出他的秃头鹰。——"禀告伟大万能的国王，它们的慌乱是因为您的到来！因为你是这个世界上最伟大的国王，它们敬畏您的威严！"

"那，这些在地上奔跑的马、鸡、鸵鸟和狐狸，也都是因为敬畏我的威严？"

"是的，陛下，您说得太对了！我的鹰是这么告诉我的，你看，它都有些……有些不安，因为它距离您太近了！"

"是啊是啊！"国王拉拉布别提多高兴了，"它们这样敬畏我是件好事！你让你的秃头鹰告诉它们，也用不着这么，这么敬畏我，我还是很容易接近的，只要它们肯听国王我的命令！"

……

晚上，拉拉布国王在山脚下宿营，他再次向拉拉里发出询问："拉拉里，为什么我头顶上的星星也都在躲闪？"

"尊敬的、万能的国王啊，这是一个好兆头！我们拉拉国，将在伟大的拉拉布国王的领导下，完成千古从来没有完成的伟业！星星们说的是这件事！"

"可是，可是，你听外面的狼、狮子，为什么叫得这么凄惨？"

"因为……因为它们都不是善良的动物！而我们伟大的国王，喜爱的是善良温顺的动物，又那么嫉恶如仇！它们感觉自己好日子不多了，所以才发出悲鸣！"

"那我的马呢？它们为何也如此不安，发出这样的叫声？"

"……尊敬的、万能的国王啊，我，我觉得……我认为，它们的不安来自于那些狼和狮子，毕竟，毕竟，它们从来没有听过这么多狼和狮子，一起发出这样的叫声！"

"那，你是不是发现，我的侍卫，大臣们，也都感染了不安？他们窃窃私语的是些什么？快，派你的秃头鹰去打探打探！"

"尊敬的、万能的国王，他们，他们是听到了拉拉卡的谣言，他竟然说，拉拉贡山的喷发就在今晚！还说什么千真万确！他是根据自己的观察和巫师数学得出的结论！"

"气死我啦！他们为什么相信？难道……"

"尊敬的、万能的国王，这事，交给我办就好啦！谣言只会是谣言，它的欺骗性是不会长久的！明天，如果明天我们的拉拉贡山并没有喷发，这个谣言就会不攻自破！到那时……"

但，拉拉布国王依然高兴不起来："可是，可是，我也有些不安，总感觉……这是一股什么样的气味？你闻闻！"

"尊敬的、万能的国王，请您放心好了，这气味……我马上去查！要知道，您的决策可是一贯正确的啊！"

"那，你们是不是找到了拉拉卡？听负责言论的大臣说，他最近曾经给我写了封信，最后传到了你的手上，你为什么没把它交给我？"

"尊敬的、万能的国王啊，那封信的确存在！不过，我也的确没拿给您看，我是怕您看了生气，怕它影响您的情绪！在信中不光是关于火山的谣言，让人气愤的是，他竟然怀疑您决策的正确！他竟然，对您进行指责！这是绝不能容忍的，是不是？尊敬的、万能的国王？"

"哼！传我命令……"

七

——凌晨的时候，拉拉贡火山真的喷发啦！在山下宿营的拉拉布也感到了大地的震动，他向山顶望去，看到浓浓的烟雾和不断喷起的岩浆，而他的宫殿，已被吞没在火焰的里面。

"快跑！"

"大家快跑！"

"保护我们伟大的、万能的国王……"

混乱中，气喘吁吁、狼狈不堪的国王问身边的侍卫："拉拉里在哪里？"

"禀告伟大的、万能的国王，他早就跑啦，在火山爆发之前！他的秃头鹰早就向他报告了听来的消息！"

"气死我啦！他竟然一直向我说谎！传我的命令，谁如果抓到叛国的、一直隐藏在国王身边的大坏蛋拉拉里，重重有赏！"

混乱中，气喘吁吁、狼狈不堪的国王问还在身边的大臣，"你们是不是也早听到了关于火山的消息？"

"禀告伟大的、万能的国王……"

"说！"

有一个老臣，他已经落在了后面，他的马已经跑不动了："国王，国王……"

拉拉布国王恨恨地看了他一眼，这个老家伙，竟然叫他国王，而没有叫他"伟大的、万能的国王"："你要说什么？"

"尊敬的国王啊，请恕老臣直言，您当时想在拉拉贡山上建王宫，我们，我们就……"

"你是什么意思！"国王拉拉布打断了他的话，"你敢反对国王、怀疑国王就是叛国！而你得到了消息也不告诉国王，更要罪加一等！气死我啦！要不是看在你没偷偷跑掉，我早就下令将你投到火山口里去啦！"

国王的怒气还没有平息，"就是你，就是你们，你和拉拉里这些人，一直隐藏着，故意欺骗伟大的国王，在百姓和官员中间散布种种谣言……你们伪装得太好啦，我太信任你们啦！要不是火山爆发，你们还要继续隐藏下去，还要继续蒙骗我多久！来人，把他们都给我统统押起来，一个个审问，我要让拉拉贡所有的百姓都看清，他们对国王的恶意蒙骗！"

拉拉城的口香糖

一

从前，有一个——"一个国王！"哈，你们也太性急了不是？我要说的可不是国王。"我知道了我知道了！是一块木头！"不是，不是。你们不要这么性急啊，我说的也不是木头。我说的是，从前有一个拉拉岛，拉拉岛上有一座拉拉城，我就是拉拉城的居民。

在拉拉城里谁最富有？这可不是问题，拉拉城的大人孩子都知道，就连河里的鱼、草丛里的蛇以及垃圾筒里的猫都知道——当然是拉拉布啦，谁的财富也没有他的多，至于到底有多多我们就数不过来了，我们想拉拉布本人也数不清楚。在拉拉城里谁最繁忙？这还用说！当然是清洁工了，他们从太阳上山一直忙到太阳下山，汗流浃背，从不偷懒，尽管这样他们也未必能把街道清扫干净。为什么呢？是清洁工太少么？不，不是，是因为街道上总是黏满了口香糖，嚼过的口香糖。

我们拉拉城的居民都爱嚼口香糖，我们爱得死心塌地，一塌糊涂，只有我们市长是个例外。他是一只猫头鹰。一天到晚，无论有事还是无事，我们都努力地嚼着口香糖，等糖的甜味淡下去后就一扭头，大约四十五度角，噗！嚼过的口香糖划出一道白色的线，飞落到街上。我们都愿意看这条线。只有市长是个例外，他不嚼口香糖，所以也不会把嚼过的口香糖吐到街上。大概因为他是一只猫头鹰。

现在你应当知道拉拉布为什么那么富有了吧？因为

他是拉拉口香糖厂的厂长。在拉拉城里，人们可以不吃饭，不睡觉，不做工，不恋爱，但是不能没有口香糖。在拉拉城，我们一见面第一句话肯定是问，"什么味的口香糖啊？"第二句话就是，"哇，最新款的啊！哪有卖的？"或者，"还吃这种？你也太老土了吧。"

　　拉拉布是那种精明的生意人，他总是在不断地换花样，改变口香糖的口味、颜色，或者形状。你嚼了一段时间的苹果口味的，有些腻了，菠萝口味的就上市了；你嚼了几块天蓝色的，发现又推出了大红和玫瑰红的，而那种叫玻璃黄的最为昂贵，数量也少……前些日子他制作了一种心形的情侣口香糖，是专为恋爱中的青年男女制作的，它可以从中间掰开，两个人一起嚼，然后一起吐泡泡：一心一意的人吐出的泡泡是粉红色的，而三心二意的人吐出的泡泡则是绿色的。一时间，三心二意的人像灰溜溜的老鼠，直到他们用黄连叶、苦瓜叶漱口变回一心一意为止。现在，拉拉布又推出新品种了！街面上和天空中到处都是他们巨幅的标语：最新型拉拉口香糖！味道永不变淡！最新型拉拉口香糖！味道永不变淡！

　　最新型拉拉口香糖！味道永不变淡！

拉拉布雇用了三架木马直升机，他们拉着悬挂了标语的气球每半小时从拉拉城上空飞一次。

拉拉口香糖又推出新品了！这是一个多么让人兴奋的消息啊！我们听到小道消息说，新品口香糖的颜色是绿色的，那段时间里拉拉城居民的眼睛都绿了起来；后来又有消息说，新品的颜色是淡黄色的，比那种玻璃黄的颜色略重一点，于是我们的眼睛颜色又开始变化，只是有些人的颜色变得快些，而有些人则笨拙而缓慢，等新品口香糖上市的时候，他们眼睛的颜色还是淡绿的。猫头鹰市长抓住口香糖新品上市的机会发表了多次演讲（他是一个演讲的天才，我们都这么认为，他自己肯定也这么认为，所以他不放过任何一个演讲的机会），可我们拉拉城的居民根本没听他在说些什么。我们专心地等着新品口香糖，有关新品口香糖的消息已经塞满了我们的耳朵。我们此起彼伏地吐着旧品的口香糖，噗！噗！噗！噗！噗！噗！噗噗噗！市长的演讲就被打断啦！

二

　　新品口香糖，味道永不变淡的口香糖上市那天，简直是拉拉城的一个节日！为了配合这种节日感，拉拉布叫人悬挂了一千面彩旗，放飞了三千只鸽子，一万个气球——那天拉拉城的街道上人满为患，大家都穿上自己最体面的新衣服，伸长了脖子伸长了手臂："我要我要！""是我先来的！我昨天就来了！要先卖给我！""我要哈密瓜味的，还要……""我要一箱水蜜桃！一箱菠萝！""我要榴口味的，给我两箱！不，不，我要五箱！"……

　　那一天，拉拉城里最为繁忙的是拉拉口香糖的售货员，他们的劳动强度指数是 100／2003，都累得气喘吁吁，汗流浃背，有一些体质略弱点的干脆趴在地上，吐出长长的舌头在那里大口地吸气。那一天我们的街道根本没人打扫，清洁工们都加入到哄抢新品口香糖的行动中来啦，就连我们市长，他也买了两盒。你知道他是一只猫头鹰，他是不嚼口香糖的。可他还是买了。

　　我们几乎同时嚼起了新品口香糖，它给我们带来了乐趣，也给我们带来了力气，要是新品口香糖这天不能上市，我们就会一天打不起精神，就会产生对世界的厌倦感，这可不是闹着玩的！每嚼一段时间，我们就相互交换一下感受："味道太好了！太美妙了！""我从来没有尝过味道这么好的口香糖！要是我爷爷知道，他肯定要活过今天晚上的！""啊，感谢上苍！我都不知道该怎么表达！""它们似乎特别黏，你们感觉到了没有？"

拉拉城的居民们都感觉到了，新品口香糖的胶特别黏。我们猜测，这肯定是为了保证味道永不变淡而采取的手段，拉拉布为了让我们吃到更好的口香糖可真是用了不少力气，绞尽了脑汁。

"下一块会不会也这样黏？"

"我想尝尝草莓味的。这么多口味，我太喜欢了！"

于是，我们一个个扭过头，四十五度角，噗！噗！噗噗噗！街道上又满是嚼过的口香糖了，很快，它们就铺满了整个路面。我们有了一条新的口香糖路。看上去这没什么不好，口香糖路是我们拉拉城独一无二的，我们的街道充满了各种水果的香味。它很诱人。

过了午睡的时刻，夏洛太太想去对面的裁缝店里做一件新衣服。她照了照镜子，戴上那顶梨花帽走出了家

门。那时的夏洛先生还在午睡，这个懒惰的人总是爱睡
觉，因为睡眠占去了太多的时间，他一天至少比别人少
嚼六块口香糖。他正睡着，突然听见夏洛太太在外面呼
喊："快来救我！我被黏住了，动不了了！"夏洛先生只
好暂时停止了梦中的冒险，急匆匆跑了出去：这个不幸
的人还没弄清楚到底发生了什么事儿，就被丢弃在路上
的口香糖给黏住了。

三

后来，所有走到街上的人都被黏住了，新品口香糖
的黏性超过了我们所有人的想象，无论是谁，穿什么样
的鞋子，只要一踏到街上踩到一小点的口香糖，就会被
黏住无法再动。"是谁丢的？怎么会这样？""是我们，也
是你自己啊。""清洁工呢？他们都在干什么？"清洁工
们也没有一点的办法，因为他们也被黏在了街上，那种
专用的小钢铲对新品口香糖起不到任何作用，小钢铲们
也被黏住了。"警察们呢？难道都在睡觉？"警察们的状
况和我们一样，他们也都在街上，被黏住了，除了使劲

吹哨子之外就再没有别的办法。"市长在干什么？"市长飞在我们头上，他叫来警车、救护车和洒水车，可它们一上路也都被口香糖的胶黏住了！

拉拉城的街上塞满了被黏住的人和车辆，密密麻麻，拉拉城陷入了混乱之中。市长睁一只眼闭一只眼地站在屋顶上，路灯上，拉拉口香糖的广告牌上，发号施令，发表演说——可那起不到任何作用啊。

就这样过了一天一夜。两天两夜。

"我要吃饭！饿死我了！"

"这个小孩子拉肚子啦！"

"天哪，我快要憋死了，这样的日子什么时候才到头啊！"

……

"我们要起诉政府！我们要抗议！"

我们请那些在屋里没出来的人们传递了纸和笔，然后趴在前面那个人的肩上，或者车窗上什么上写下我们的抗议，几乎所有人都写了，除了个别过于胆小怕事的人。即使那些懒惰的人也写了，当然他们只写了很少的几句话，或者是在别人的抗议书后面签上自己的名字。起诉书和抗议信被街上的人流传递着，像流水一样向市政府大楼和法院的门前涌去。很快两座大楼就被纷乱的信件给塞满了，淹没了，两座大楼在我们的方向看去完全是信件垃圾场的模样。但是，没有人去处理这些信件。为什么？因为市政府的办公人员和法院的法官们也都被黏在路上了，他们也纷纷起草了起诉书和抗议信。出于一贯严谨而正确的习惯，他们起草得相当缓慢，等他们将信件写完，前面的人早就厌倦了这种传递，借口腰酸了手麻了而拒绝了他们的要求。没办法，拉拉城的法官和办公人员们只得自己拿着费了很大劲儿才写好的起诉书，拿在手上，显得很没面子。

我们猫头鹰市长应当说是一个好市长，如果他肯丢掉他太热爱讲演的习惯的话。即使不丢掉这个习惯他仍然应当是个好市长，虽然他从来不嚼口香糖，但他很为拉拉城的"口香糖"事件着急。只是他的着急主要表现在他的讲演上，他忙不迭地从一个屋顶跳到广告牌上，然后又跳到路灯杆上，跳到电线上，声音都讲得沙哑了。猫头鹰市长说，拉拉城的口香糖事件是一次考验，一次严峻考验，善良而勤劳的拉拉城居民一定不会被面前的困难所吓倒；猫头鹰市长说，我们遇到的困难虽然是前所未有的，但它肯定是暂时的，是会很快就过去的，市政府正在积极想办法，同时正与拉拉布交涉；猫头鹰市长说，拉拉城的居民们不要着急，要乐观面对困难，树立信心，齐心协力，是一定能最终战胜困难的。

"你让我们怎么乐观得起来？"我听见夏洛太太说，她哭了起来："我的腰早就站得发酸了，再站下去它会断的。我已经三天没吃东西了，饿得胃都开始吃自己的肉了。我家厨房里的肉肯定放臭了，鱼缸里的金鱼也已经三天没喂了！"夏洛太太的话触及了我们的伤心事，我们的情况和她差不多，甚至更差，无论如何也乐观不起来啊！于是拉拉城的街道上一片嘤嘤嗡嗡，叽叽喳喳。"猫头鹰市长为何高高在上？他必须和我们站在一起！"

善于讲演的猫头鹰市长面红耳赤，哑口无言。他在屋顶上跳了几跳，然后跳到路灯杆上，挥动着翅膀，似乎是在辩解，但他的声音完全淹没在我们的呼喊中了。有人拿出了口香糖放进嘴里，噗！口香糖朝着市长脚下飞过去。噗！噗！我们也学着他的模样，没有嚼过的口香糖又派上了用场。

"拉拉城居民一定能战胜困难！"我们的猫头鹰市长只好飞走了。

"都是拉拉布害的！应当把拉拉布绞死！"

"绞死他！他是拉拉城的罪人！"

"他是拉拉城的敌人！"

在我们喊过之后，一个老年人，也许是拉拉城的某个法官，谁知道呢，我们很少和法官打交道，多数居民都不认识法官——就是那个年老的居民，他说："拉拉布一定也很焦急，再说，绞死拉拉布也不符合拉拉城的法律……"噗，噗！噗噗噗！老年居民的身上黏满了口香糖，他的嘴巴也被堵住了，他说不出话来了。

说实话拉拉布的确很着急。他派来厂里的铲车和工人也早就被黏住了，现在，他天天都在和口香糖厂的科学家们、制作师们研究对策。永不变淡味道的口香糖能这么黏也是他们所没想到的。现在，拉拉城口香糖厂可忙乱了，甚至比正常生产时还忙乱几倍。

四

又一天过去了。

又一天过去了。

拉拉城的大多数居民都被口香糖黏在街上，临时的办法可得想啊！于是，那些没有走到街上来的人，他们在房屋和房屋之间架起了梯子，搭起了绳子，以便他们可以不踩到路面而能自由往来。有人想到了好主意：在街道两边架起绳子，中间垂下一些绳头，黏在街上的人只要抓住绳头，脱掉鞋子，他们就摆脱了口香糖的黏性，顺着绳子爬到房间里去就行了。市长采纳了这个建议。一些年轻力壮的年轻人得救了。为什么是年轻力壮的人才能得救呢？因为这个方法实在危险，想想吧，我们都饿了好多天了根本没什么力气，如果一旦抓不住绳子重新掉下来那就惨了：如果你是趴在地上的就得一直这样趴着了，口香糖会黏住你的衣服让你无法挪动；如果仍然是脚先落地，那更惨！现在你的鞋子丢了，脚或袜子直接踩到口香糖上，那就等于是生根了，动一动肉都会疼！所以除了一些年轻人，多数的拉拉城居民只好眼巴巴望着绳子，长长地叹气。

市长组织年轻人顺着绳索和梯子爬进拉拉城面包城，面包做出来了，从面包房里传递出来，传到黏住的市民手里。"一个人只能留一个！往后面传！"

我们又有了面包。"这是什么味？怎么这么酸？""面包里面怎么有一根线头？""知足吧老兄，我的面包不仅酸，而且里面有鱼刺！哦，我的面包是鱼的形状。"

不管怎么说，我们有了面包。那些由剃头匠、工艺美术师和清洁工组成的面包师们忙碌工作着。

黏在街上，睡觉倒不算太大的问题，实在太困了你闭上眼睡就是了，反正前后左右都是人，用不着担心摔倒趴在地上。被黏在街上最大的问题是……大小便。另外一些年轻人爬入了仓库，他们传递给我们一些小塑料桶，装有大小便的塑料桶再经过传递，由靠近下水道的居民负责倒掉。"有谁能和我换一下位置？我累死了，熏死了，实在受不了了——"靠近下水道的居民总是抱怨，但这有什么办法？他被黏在了那个位置，谁也代替不了他。

"我们已经取得了一次又一次胜利。事实证明，拉拉城的居民是好样的，是不会被困难压垮的！"猫头鹰市长站在一根电线上，这些日子他一直忙碌着，偶尔发表一些简短的演讲。虽然我们仍然被黏在大街上，但怨气明显小了许多，我们开始重新理解这个总是高高在上的市长。他是一只猫头鹰，按照习性他应当在上，如果我们也是猫头鹰的话肯定也高高在上了，他也没办法，只能这样。

有了面包，有了盛大小便的小桶，拉拉城的居民开始审视街上的生活。"市长应当安排一场露天电影！""至少每两天晚上放一次焰火！""面包师资格需要认真审查，要核发面包师证、营养证、卫生证、安全管理证、技术考级证！……"反正建议五花八门，涉及交通、安全、卫生、教育、文化、政治、资源开发等诸多问题。"要保护街上女士的隐私权！"说话的是夏洛太太，她的脸涨得通红，"女士们在使用小桶方便的时候，所有男士都应当回避！"后来，因为考虑到具体的困难，夏洛太太将建议改成：所有女士都发一条特制的裙子。

有了面包，有了盛大小便的小桶，一些拉拉城的小偷也开始手痒了，他们怕自己的手艺生疏起来。"我的钱包丢了！""谁从我口袋里偷走了口香糖?！"不过那些小偷很快就被抓获，他们既转移不了钱包也无法逃走。那个时期，拉拉城的民事刑事案件降到了最低点。

又一天过去了。

又一天过去了。

拉拉布和科学家们的研究也有了进展。拉拉城对口香糖厂一部分没有开到街上来的铲车进行了改装，给它们安装了坚硬锋利的金刚石刀片，极其小心地将一个居民和口香糖和一部分路面铲下来，然后端着他，将他送到最近的房屋里去。"我们有救了！""拉拉布万岁！"

这个方法有时会损伤居民的鞋子，有时会损伤拉拉城的路面。而且速度太慢，对于铲车的司机的操作技术要求很高。后来的后来，拉拉布和科学家们终于找到了更好的办法：用治疗白内障的药水、唾液和苍蝇的腿按一定比例混合，制成一种暗红色的药水，将它们倒在路面上，口香糖的黏性就慢慢消失了。

五

拉拉城的生活又恢复了正常。

不同的是，从那个口香糖事件之后，拉拉城所有的人都不再嚼口香糖，那些上了年纪的人一时改不了总想嚼点什么的习惯，就改成嚼花生、嚼黄瓜、嚼槐树的皮。因为生产的口香糖再也卖不出去，拉拉口香糖厂就破产啦！他们改生产一种黏性很强的胶，这些胶的用处我等一会儿告诉你们。

拉拉城的法官们、警察们也开始办公了。法官们接到部分拉拉城居民的投诉，他们说拉拉布的铲车伤到了他们的鞋子还使他们受到了惊吓，于是要求赔偿，法官们答应了他们的要求，另外的居民听到这个消息后也提出了投诉，他们说他们的鞋子也受到了一定的损害，而且他们在路上被黏住的时间更长，应当获得更多的赔偿，至少和鞋子受损的居民们一样。法官们也答应了他们的要求。最后，拉拉布赔偿我们每人 50 拉拉币，还有一双新鞋子。拉拉布赔偿过我们之后，变得和我们一样穷啦，对此我们都很高兴。现在，拉拉鞋业的老板拉拉突成了我们拉拉城的首富，拉拉布的赔偿可让他发了一笔不小的财！

没有人嚼口香糖，没有人往街上吐口香糖了，清洁工们自然不是拉拉城最忙的人了。那些在路边下棋、打牌、遛鸟的人就是原来的清洁工们，他们一闲下来就懒惰了，甚至比那些有名的懒人更懒。

现在我告诉你们，那些黏性很强的胶有什么用处。它们是用来防贼的，睡觉前将一条这样的胶放在门外，天一亮就将它收回，有了它的保护你尽可安心地睡觉，敞着大门都行。它太方便了，太有效了，很快拉拉城每家每户都有了这样的胶条。贼们当然不死心啦，他们偷偷溜进拉拉布的旧厂房，偷来了融化口香糖胶的药水——拉拉布早就想到了。他更改了这种胶的配方，那些药水根本不起作用。

一天早晨，我被急促的敲门声惊醒。一打开门，我就待在了那里：市长怒气冲冲地站在门外，他几乎要气疯了！原来，我那个调皮的、长着满脸雀斑的儿子昨晚趁我不注意，将我家门外的胶条移动了一下，横在了街上，它黏住了患有夜游症的猫头鹰市长！

国王的冰山

一

"你们给我都滚出去！"

"不，都给我回来！"

……谁在发这么大的火？是我们拉拉国的国王拉拉布。他为什么发这么大的火？因为热呗，没完没了的热让谁都心情烦躁，只是，别人可不敢随便发火。能有多热？这么说吧，海边的乌龟刚爬到岸上，就得一路小跑又回海里去，它会觉得沙滩上的沙子里面藏了火焰；谁家的大米要是在太阳底下放的时间略长了些，就会收获一大堆的大米花儿；要是一只鸡在街上走没有找到阴凉的话，它会走着走着变成熟透的烧鸡，在很远的地方就能闻到香味儿。最近以来，特别是拉拉布听到博学的巫师拉拉卡说起，在遥远的地方有春天夏天秋天冬天，冬天还得生火炉取暖之后，他的脾气越来越不好了。

"我们拉拉国为什么一直这么热？"

"因为我们在热带，国王。"巫师拉拉卡小心翼翼地解释。他也害怕我们这位脾气暴躁的国王，"而且，您的王宫正好处在赤道上。您看，就是这一条线。"拉拉卡拿出一枚镜子让国王看，那里面，王宫的屋顶有一条红色的线。拉拉布国王只看了一眼。

"我不管！你快给我想办法，快给我弄来一个冬天！至少是秋天！"

拉拉卡巫师可想不出什么办法。尽管他是巫师，巫师也不是万能的啊。于是，拉拉布国王命人用椰子树叶织成的鞭子打了拉拉卡的屁股，然后赶出了王宫。

"谁要是能想出让拉拉国不再这么炎热的办法来，

就会得到国王丰厚的赏赐！"拉拉布颁布命令。

"国王要重重赏赐那些想出降温方法的人！"……

时间一天天过去。拉拉国里所有的人都知道这件事。可是谁也没能想出办法来。于是，国王拉拉布越来越烦躁了。他觉得，这烦躁实在让人难受。

三十个宫女给他扇着扇子，他还是觉得热。

他泡在水里，五十个壮汉飞快给他从海里提来新鲜海水，浇在他的头上，身上，他还是觉得热。

七十个砖瓦匠，四十个木匠还有十二个设计师加厚了王宫的屋顶，用海绵、椰子树汁、海龟的蛋壳以及燕子的羽毛建起了一个阻挡阳光的罩子——可是我们的拉拉布国王啊，还是觉得热。他甚至不许别人提"热"这个词，"太阳"这个词，"晒"这个词，就连意思相近的词也不许提！可是，可是这也不是办法啊。

"我们能不能把拉拉国搬到别处去？"

"不能，国王。我们拉拉国建在了小岛上，而其他地方都让别的国家占领了。"

"我们能不能和别的国家换一换地方？"

"大概……不能，国王。"

"我们能不能……""不能，肯定不能，国王。"

　　于是拉拉布发火了。他说："你们都给我滚出去！"大家只得听他的话。三十个宫女，五十个壮汉和大臣们、卫兵们都滚出去了，没有了扇子，没有了新鲜的海水，国王拉拉布感到更热了。于是他又喊："不，都给我回来！"

　　后来，一个叫拉拉里的人得到了国王的赏赐，国王的赏赐那么丰厚以至于多年以后，拉拉国的臣民们一想到这事儿眼珠还会变得通红。那个一只眼的拉拉里是个海员，在一次海难中他弄瞎了一只眼睛，却带回了一只秃头的鹰——拉拉里告诉国王，在拉拉国的南边，很远很远的南边，有一块陆地叫南极。那里终年被积雪覆盖，有着许许多多的冰山，所有的人和动物来到那里都会冻得发抖，鱼在那里游泳都像跳舞，一旦慢下来就会被冻在冰层里面，而鸟在飞过的时候，从来不叫，因为只要一张嘴，它们的舌头马上就会被冻住，掉到地上。

　　"这么说你去过南极？"国王拉拉布来了兴致。

　　"我没有去过。但我说的绝对是真的！因为这只鹰去过！它追一只白鹳一直追到南极，在返回的途中它的头被冻伤了，从此之后那里就再没长过毛！"

　　拉拉布盯着那只鹰，"你怎么知道鹰的事情呢？它又不是鹦鹉，能告诉你它看见了什么！"

"尊敬而万能的国王啊！在海上生活的人哪一个不多灾多难，见多识广！我在一个叫其龟国的地方遇见过一个瞎子，是他教会了我鸟语！别以为我只有一只眼睛，加上鹰的，我其实有三只眼睛！而鹰，比我们人看得更高更远！"

"可是，"拉拉布国王想到了一个难题，"我怎么去南极呢？要知道我可不想冒险！再说，要是我想吃夏天的水果了又怎么办？"

"尊敬的国王！我怎敢叫您去冒险呢？不，您不需要自己前去南极！您只要下达命令，让拉拉国的臣民造许多大船，去南极将冰山拉来一些就是了！万能的国王肯定能做到！要知道，您马上就是拉拉国历史上第一个制造了冬天的国王，尊敬的而有大志向的国王！"

听了拉拉里的话，国王高兴极了。

"好！现在颁布命令，制造去南极的大船！训练一千名水手，准备去南极拉冰山！"

二

很快，所有拉拉国的臣民都接到了国王的命令。

"去南极拉冰山？国王是不是疯啦？"

"距离一定很远吧？一辈子能到么？"

"南极在哪里？有椰子树吗？有海马吗？会不会有冰冻鲨鱼靠口中的火焰取暖？"

"这真是一个伟大的创举！国王万岁！"

"我很想早一点看到冰。像我这么大年纪的人，还从来没见过冰呢！我希望冰山运来之后再死，从今天下午开始，我就不再出门了，免得让太阳晒干我胃里的水分。"

"我早就讨厌没完没了的炎热了！拉拉布真是一个好国王！"

"你以为他是为了我们？他是为了他自己！"

"不管怎么说……国王万岁！"

当国王发布命令去南极运冰山的时候，巫师拉拉卡还躺在床上，一边养屁股上的鞭伤，一边研究他的伦理逻辑学、巫师物理和巫师数学。国王拉拉布的命令传到他的耳朵里，拉拉卡再也躺不下去了。"不行！必须阻止国王的计划！这是违背伦理逻辑的！"

国王拉拉布的计划可不是说阻止就阻止的，何况他又是那种暴脾气。"去去去！我才不听你的伦理逻辑学！"当然，那个老海员拉拉里，现在的大臣拉拉里更不允许别人破坏他的计划。"你竟然反对国王的英明决策！你是想阻止历史的前进！你不愿意看到，拉拉布成为拉拉国历史上最有成就的国王！是不是？……"

拉拉卡巫师被国王关进了监狱，随后在一个炎热的正午将拉拉卡砍了头。好在，拉拉卡是一名巫师，他有一种使人头再生的巫术。不然的话，拉拉国就再也没有博学的拉拉卡这个人了。新生的头比原来的头小了许多，但不影响他继续思考伦理逻辑学、巫师物理和巫师数学。"在拉拉国制造冬天是违反伦理逻辑学的！是会遭到上天的惩罚的！"拉拉卡晃动着他重新生出的头，小声地说。他可不想这个头再被砍掉。

你肯定想不到，去南极运冰山的船下海时候的场面是何等的壮观！码头上挤满了人，男人和女人，老人和孩子……拉拉国的全体臣民几乎都来到了码头！孩子们要去看，少女们要去看，生病的老人们也嚷着要去看，他们被抬到码头上，先后有四位老人在到达码头之前去世了。准备生产的孕妇们也来了，至少有十个孕妇在码头上生起了孩子，这可忙坏了那些前来观看船只下海的医生们……国王拉拉布也来了，他穿着华丽而厚重的礼服出现在码头，身后是扇扇子的十名宫女，只是那些提着海水的壮汉们显得多余，他们总不能将海水淋在穿着厚重礼服的国王身上吧……说实话，那天也出奇的闷热，人们呼出的气里都带着一股焦煳的味道，而那些香蕉树、棕榈树冒着白烟，不小心碰上一下它们就会像点燃的火柴一样燃烧起来，这时，跟在国王背后的壮汉们和他们提着的水就派上了用场。

我们的拉拉布国王，面对他面前高大的船和前来观看的拉拉国臣民发表了演说。他的演讲稿太长了，放在一个由三个人抬来的箱子里，拉拉布国王刚讲了几页他的演讲稿就开始冒出了烟，那些壮汉们不得不在箱子的外面洒水降温——由此看来，拉拉布国王的命令的确是正确的，伟大的。

那天的天气实在太热。而国王拉拉布又穿着在最郑重的场合才穿的厚礼服。很快他就出汗了，很快他的身上就起满了痱子——拉拉布的暴脾气又上来了，他甩掉了自己的帽子，将演讲稿丢给背后的大臣，匆匆回到王宫。只是苦了那位大臣，他只得将国王的演讲稿继续读下去，一直到第二天清晨他才将稿子全部念完。从那天开始，这位可怜的大臣一见到带字的纸就头痛，一看到带字的纸，他的身上就出现大大小小的红斑点。

船终于下海了。它们排成一排，朝着南方驶去。

"南极的冰山是不能动的。在拉拉国制造冬天是违反伦理逻辑的。"拉拉卡偷偷地说。他用桌子、椅子、茶杯、蝴蝶的翅膀和乌龟的蛋、箭鱼的骨头摆出只有他自己才懂的图形，而这个图形太过庞大、复杂，他记住了后边的却将前面的给忘记了，"我想要求证的是什么？那些茶杯、桌子是干什么用的，它们都代表什么来着？"

……

三

去南极的船离开了，拉拉布国王开始焦急地等待。"他们什么时候才能回来呢？""也许三五年，也许十几年，国王。南极离我们实在太远了。""那我们暂时忘掉他们吧。可是，天一热我就会想起他们来，这真让人讨厌。"

时间在一天天过去，也不知过了多长时间。这天早晨，国王拉拉布一觉醒来，忽然听到远处有隐隐的哭声，"是谁在哭？为什么要哭？"独眼大臣拉拉里派出了他的秃头鹰，很快它就飞回来了。"尊敬而万能的国王，是那些船员的妻子们在哭。他们听说，去南极的船遇到了一个叫塞壬的女妖。那个女妖的歌声相当美妙，凡是听到她歌声的人都无法抵御她的诱惑，朝她的方向驶去。而她的身边布满了礁石、暗流和雷雨，那些船可能凶多吉少。"

"那怎么办？"

独眼大臣拉拉里用力眨了眨他剩下的那只好眼，"尊敬的国王，不要着急，要知道任何伟大的事业都是有挫折的，有代价的。再说听说的事也不能当真。把她们轰走吧，别让她们的哭声影响到您的心情。"

时间在一天天过去，也不知道过了多长时间。这天早晨，拉拉布一觉醒来忽然又听到了哭声。"怎么回事？是谁在哭？"秃头鹰打探了一圈儿，很快就飞回来了。

"是那些船员的母亲们在哭，国王陛下。她们听说，去南极的船行驶到一座小岛的前面，那座小岛的上空常年阴云密布，电闪雷鸣，海水流到那里的时候都吓得不停颤抖。据说那座岛上生活着四条脾气暴躁的龙，一条龙的嘴里能喷出烟雾，一条龙的嘴里喷出的是洪水，一条喷火，还有一条会喷冰雹。它们已经吞下了无数的船只，我们的船经过那里凶多吉少。"

"那怎么办？"

"把这些妖言惑众的人抓起来，各打二十鞭子！请国王在拉拉国各地张贴布告，宣传去南极运冰山，在拉拉国制造冬天的意义，这可是利国利民的大事啊，个人的损失甚至牺牲和这相比算得了什么！"

"好吧，你去办！"

又不知过了多长时间，国王拉拉布正在饮酒，忽然听到外面有隐隐的哭声。"这次又是谁？"国王拉拉布生气了，他推开了酒杯。

"是那些船员的父亲，国王陛下。他们说去南极的船已经行驶到地狱的门口。在那里，天和地和海洋、岛屿是压在一起的，海水流到那里都被压碎了，流出了血来，因此那里的海水都是红色的。在地狱门口，流去的海水形成了一个巨大的漩涡，这个漩涡吸走过往的船只、飞鸟、鱼和小岛，甚至天都能吸得进去！却从来没看到那个漩涡吐出过什么来。我们的船肯定凶多吉少。"

"那怎么办？"

"万能的国王拉拉布！这点小事儿还用您费心？交给我办好了！您静下心来喝酒吧，那些美人鱼的表演马上要开始了！"

巫师拉拉卡又来到了王宫。"请国王陛下开恩，将那些船员的父亲都放出来吧，他们在牢房里吃尽了苦头。"

"怎么回事？他们被关起来了？我怎么不知道？"拉拉布有些惊讶，他早忘记那些人了。

"是狠心的拉拉里给关起来的。你看，他们的怨气多么充足！现在连王宫都被充满了！"巫师拿出一个盒子，国王连看也没看它一眼。

"把拉拉里叫来，看他有什么说的！"

很快，拉拉里就带着他的秃头鹰来到了王宫。"尊敬而万能的国王陛下，您可不要听信这个巫师的妖言！王宫里哪来的怨气，分明是他施的法术！您说，那些人不惩戒一下怎么行呢？要是任他们胡来，任他们在王宫前面哭闹，国王您的尊严何在？我可不能让这样的事情发生!"

"尊敬的拉拉布国王,你不知道百姓们都怎么议论你!如果不把那些船员的父亲都放出来,百姓们的怨气会越来越大,他们甚至可能发生叛乱!"

"你根本是在污蔑我们英明的国王!我不能忍受你这样胡言乱语!"拉拉里跳了起来,他指着巫师拉拉卡的鼻子:"你根本没把我们万能的国王放在眼里!别以为依仗你的巫术,就能和拉拉布国王作对!告诉你,办不到!"

巫师拉拉卡,倒霉的拉拉卡,再一次被砍掉了脑袋。好在他懂得再生的巫术,一个新的头在伤疤那里又长了出来,这次新脑袋更小了。更小的脑袋就没有原来那么博学了。

拉拉卡被砍掉的脑袋,被拉拉里的那只秃头鹰给叼走了。

后来真的发生了叛乱。然而懂得鸟语的拉拉里事先从路过的鸟的嘴里得到了消息,他叫人埋伏起来,那起叛乱很快被镇压了下去。

"拉拉里是拉拉国最大的功臣!"拉拉布国王不止一次地宣布。

"现在还是这么炎热。运送冰山的船什么时候才能回来？"

"如果不出问题，应当快了，国王陛下。我们应当造更多的船去南极，那样即使有的船只遭到沉没和其他不幸，冰山也一定能够拉回来。"

"那还等什么？快颁布我的命令，全体拉拉国的国民都去造船！违抗命令就是叛国！"

四

一天早上醒来，拉拉布的卫兵向他报告，海水在一夜之间上涨了三米，海边的一些村子被淹没了。

"这是怎么回事？"

独眼的拉拉里派出他的秃头鹰，"报告陛下！是我们派往南极的船就要回来了！""船回来和海水的上涨有什么关系？""尊敬的国王！万能的伟大的国王！他们从南极拉来的冰山，往我们拉拉国这边越走越热，那些冰山就开始融化，是融化的冰山造成了海水的上涨！"

"那怎么办呢？"

"不用担心陛下，我们可以建造堤坝！那样我们拉拉国就平安无事了！"

"颁布我的命令！所有的人都去建造堤坝！"

国王拉拉布还命令他的臣民为他造了一座假山，每天，他都坐在假山的顶上向远处眺望："船在哪里呢？我怎么也看不到冰山？"

"那些船还有十几天才能到达港口。而冰山，因为炎热的缘故，差不多全化掉了！"

"我要冰山，我就要冰山！叫所有造好的船都下海！把南极的冰山都运到拉拉国来！"站在假山上，炽热的阳光晒得拉拉布有些头晕，他叫那些宫女用力地挥动扇子，而那四十个壮汉则气喘吁吁地从海边提来海水——

"我要冰山！我是国王，我就要南极的冰山！"

……负责去南极运冰山的船只终于靠岸了。它们在海上航行了八年零八个月，已经破旧得不成样子。每条船的后边都拖着长长的绳子，上面爬满了螃蟹、小虾、章鱼和水藻。"冰山呢？冰山在哪儿？""报告国王陛下，冰山在路上都化掉了。我们拉拉国这里实在太热了。""不行！我必须要见到冰山！你们回南极，给我们运更大的冰山来，运化不掉的冰山来！"

"国王陛下，我们都没力气了。再说，再说……"

"你们怎么能跟伟大的国王讨价还价？让你们去，是国王对你们的信任，是你们全家的荣耀！"独眼拉拉里站了出来，"国王将对你们的勇敢进行赏赐。同时，仁慈而伟大的国王已经下令，将你们的事迹编成史诗，刻在石头上，万古流传！这是多大的荣耀！……"

船员们叹口气，摇摇头，只好重新回到了海上。

某个早晨，太阳刚升起来不久，拉拉国还没有被太阳光的热气所包围，拉拉布国王突然发现宫殿的外面蹲着一个瘦小的人。"你是谁？怎么会在那里？"

那个人站起来。"国王陛下，我是你的臣民，拉拉卡。本来我是不敢再来的，可我的责任和双腿还是把我带到了这里。"

"砍掉了你的两个脑袋，你竟然还活着！"因为天不太热，国王拉拉布的脾气还没来得及变坏，"说说吧，你为什么还来？不怕我再砍掉你的头么？"

"怕，我的巫术大概也不能再为我生一个新的脑袋出来了，所以我希望国王开恩，不要再砍我的头了。"

"行，你说吧，我不会再砍了。"

"国王陛下，拉拉国在赤道上，炎热是必然的，它不应当有寒冷的冬天。为拉拉国制造冬天的想法是违背伦理逻辑的。"

"收起你的伦理逻辑！它和国王的意志比较算不得什么！我想制造一个就一定能制造一个！"

"可是我们的椰子树、棕榈树都要被砍光了！椰子油也都用来涂抹船只，老百姓的家里已经三个月都没油吃了！"

"困难总是暂时的。"这时的太阳越升越高，拉拉布的烦躁也越来越重，"我不想听你说这个。你给我滚出去！"

"国王陛下！现在拉拉国的臣民们怨声载道，已经有不少人乘船离开了拉拉国！"

"滚，滚出去！胡说八道！"

"海水还在上涨，要是你不停止去南极运送冰山，上涨的海水会最终淹没掉拉拉国的！"

"给我拉出去砍了！"国王拉拉布从椅子上跳起来，"自我当上拉拉国的国王以来，还没有谁敢这样跟我说话！我不能再忍受了！"

"国王陛下！你说过不再砍我的头的！"

炽热的阳光穿透了王宫的屋顶，拉拉布国王被炎热烘烤着，尽管坐在水池中，他的眼里却依然冒出了火焰："我不光要砍掉你的头，还要砍断你的身子！我说话从来都是算数的！"

这一次，巫师拉拉卡可没有那么好的运气了，他的头被砍了下来，然后，刽子手又用力砍断了他的腰。别忘了，那个独眼的大臣拉拉里和他的秃头鹰还没出现呢！他们早恨透拉拉卡了，怎么会放过他呢？这不，拉拉里叫人将拉拉卡被砍掉的头埋在了石灰里，然后又在他的伤口处填满了椰子树叶、毒蛇的牙和海蜇的皮。当然，秃头鹰也不肯放过机会，它叼走了拉拉卡的心脏、胃和肺。可怜的拉拉卡，他再也不会研究伦理逻辑学、巫师物理和巫师数学了。

这是很久很久以前的事了。现在，在地图上，你已经不可能再找到拉拉国，因为它早被海水所吞没。

融化的南极冰山造成了海水的上涨。上涨的海水淹没了拉拉布的王宫，拉拉布只好带着两个卫兵爬到了一棵椰子树上。"拉拉里在哪儿？他的秃头鹰在哪儿？"

他脚下的一个卫兵低声回答："拉拉里和他的秃头鹰早就跑了，他带走了最后一条船。"

这时国王拉拉布突然看见，附近的几棵椰子树上蹲着十几只猴子，它们正朝着拉拉布的方向看。

"我是国王拉拉布，"拉拉布说，"应该说，你们也是我的臣民。现在，我命令你们给我建造一条船，我要离开这里。国王拉拉布会对你们进行重重的赏赐！"

那些猴子相互对望了几眼，忽然，它们摘下挂在树上的青椰子，朝着国王拉拉布的方向狠狠砸来。

拉拉布的快乐

一

"你们说，我为什么不快乐？我为什么感觉不到快乐？"坐在拉拉椅上，嚼着拉拉樱桃、品着拉拉金箔酒、看着拉拉舞的国王拉拉布突然问道。

"尊敬的、伟大的国王，您是觉得拉拉樱桃不好吃？它，可是刚从拉拉贡山上摘下来的。您看，我让他们用拉拉瀑的水洗了三遍……"大臣拉拉里凑到拉拉布的面前。

"好吃。我最爱吃的，就是拉拉樱桃了。"

"尊敬的、伟大的国王，是不是拉拉金箔酒……一定是拉拉库又自己喝醉了，没有在酒中放入足够的金箔！看我不用拉拉针刺他的粗腿！"

"不，不是，酒没问题。不是因为酒。"

"那，尊敬的、伟大的国王——是不是您觉得刚刚编排过的拉拉舞不好看？可能，我们没有完全地理解您的意思……要不，让她们去跳过去的拉拉舞？"拉拉里再次询问。

"不，我喜欢现在的拉拉舞。我就是感觉不到快乐。"

"那，尊敬的、伟大的国王，是不是您对拉拉踏舞曲不够满意？一定是拉拉踏作曲家拉拉瑟不够认真！他竟敢蒙骗我们的国王，说已经穷尽了全部的脑细胞，头发都想掉了一半儿！看我怎么收拾他！等会儿，一定要用拉拉皮鞭狠狠地抽他的屁股……"

"不，我对新的拉拉踏音乐还算满意。就是，我感觉不到快乐。作为国王，我这里什么都是最好的，应该感觉到快乐才对，可我就是感觉不到……"

"哦，尊敬的、伟大的、万能的国王……"

二

拉拉围墙、拉拉线杆、拉拉广场以及拉拉酒馆的墙上、旗上、线杆上、柱子上贴满了告示，告示上说，最近一段时间里，尊敬的、伟大的、万能的、总是为国操劳的拉拉布国王不知出于怎样的原因，染上了一种不知名的、不知是不是疾病的疾病，就是他无论吃什么、喝什么、做什么样的事都再也无法提起精神，他，尊敬的、伟大的、万能的、总是为国操劳的国王不快乐。没有了快乐的国王郁郁寡欢，自然不能很好地为国家着想啦，不能很好地处理国家的内外纠纷啦，长此以往，一贯伟大正确的国王也许会……有那么一件两件的事处理得不够周全，这一两件不周全的事很可能会影响到拉拉国的臣民们……想都不敢想，想想都叫人后怕！所以为尊敬的、伟大的、万能的国王找到快乐的办法便成为拉拉国的当务之急，重中之重。为此，敬告全体拉拉国臣民：凡是能够为尊敬的、伟大的、正确的、万能的拉拉布国王找到快乐、能让他高兴起来的人，无论是男是女是老是少，是官员是农民是船夫还是正在服刑的盗贼——这样说吧，不管是谁，不管是什么身份哪怕你犯有滔天大罪，只要有能让尊敬的、伟大的、正确的、万能的国王快乐起来的方法，就能免除一切责罚和劳役，免除一切拉拉税金，并且会得到国王极为丰厚的奖赏！拉拉布国王一向说到做到，绝对不会食言……

"国王怎么啦？"三个农夫从人群里挤进去，他们终于挤到了拉拉围墙的下面，"尊敬的、伟大的、正确的国王……是不是中暑啦？天这么热。我昨天就在拉拉橡树下昏倒了，现在还没精神。"

"别瞎说，小心你们的舌头！"挤得满身是汗的一个老头儿制止了他们，"你们知道尊敬的、伟大的国王住在哪儿吧？拉拉贡山新建的王宫里！他的宫殿，据说是拉拉国历史上最伟大的设计师拉拉风设计的，虽然我们拉拉国处在赤道上，但国王的宫殿里却是四季如春，如果愿意，拉拉布国王可以穿上棉衣在院子里走来走去。何况还有三十八个侍卫为他不停地扇着扇子！我们尊敬的、伟大的国王怎么会像你们一样中暑呢？他只是不快乐，不是中暑！"

"可是……"刚刚说话的农夫还想辩解，"可是，去年的时候拉拉布国王就是因为热得难受，才叫人去南极运冰山的。他的王宫也热，在我们拉拉国就没有不热的地方。"

"去年热不等于今年也热……反正我们尊敬的、伟大的、正确的国王总能找到办法，让自己舒适起来的！"脸上也是汗水的老头儿显得更不耐烦，他急于转过话题："现在的情况是，国王不快乐，国王不快乐拉拉国就不能有人快乐得起来！你们几个，有什么办法让国王快乐起来吗？"

三个农夫挤出了人群，他们找到一个拉拉墙角蹲下来。"兄弟们，你看看，有那么多的赏赐！我们三辈子、三十辈子也得不了那么多！我们怎么也得想出个办法，让尊敬的、伟大的、正确的国王高兴起来！你们说是不是？你们想，你们在做什么事情的时候最快乐？能让咱们快乐的，也一定能让我们的国王快乐！"

他们蹲在拉拉墙的墙角，努力地想着，天那么热，他们把自己的脑仁想得都疼了。"我最快乐的是……有一天我在官道上捡拉拉马的马粪，没想到那天马粪那么多！我只走了不到三拉拉里，就把筐子拾满了！那天甫提我有多高兴啦！现在想起来还美。你说，我们尊敬的国王……"

"得了吧，这算什么主意！要是报上去，拉拉官员们不打烂你的屁股就算不错！让拉拉布国王拾粪去——也就你这样的笨人才想得出来！我想的是，我前几天听到的一则笑话，别提多可笑啦！我笑得，差一点儿把我的拉拉肺都笑炸了。哈哈哈你们让我再笑一会儿。笑话说……哈哈哈，哈哈哈哈……"

真这么好笑？另外两个农夫支起了耳朵，好不容易才等到大笑不止的那个人停下。"说是很早很早的从前，有个国王，他从来都不敢在别人面前摘下自己的大帽子，哈哈哈，就是睡觉的时候也戴着。可是他要理发啊，没办法，他就在整个国家里找了一个口最严的理发师，并再三嘱咐，你可不能把你看到的说出去啊！理发师傅再三保证，国王才摘下了他的帽子……哈哈哈哈，你们猜怎么着？国王长着一对驴耳朵！哈哈哈哈……"

还没有说出自己点子的农夫急忙堵住了他的嘴。"亏你想得出来！"他压低了声音，"要是你去给我们尊敬的、伟大的国家讲这个笑话，哼，他不光会打烂你的屁股，还会砍掉你的拉拉头！你竟敢说国王长着驴耳

朵……""我说的不是他！而且不是拉拉国的国王！""真
是的，你觉得拉拉布国王会听你解释？你还记不记得前
几年拉拉布国王在犯妒忌病的时候，拉拉维镇的大力
士，因为长得比国王胖，力气比国王大，而被关进了监
狱？拉拉冈镇的拉拉雨则是因为比国王瘦看上去苗条被
抓走的？所有的牧童都不让吹笛子，因为国王不会吹；
一年一度的拉拉马术比赛也被禁止了，因为国王的马术
算不上一流……你说你笑话里的国王不是他，要万一他
不那么想呢？"

　　"我，要不讲个别的笑话？""拉倒吧！你觉得国王
会没听过笑话？我可听说国王身边的红人儿拉拉里就是
讲笑话的高手，他比我们的见识多得多！"

　　三个农夫再一次蹲下来，他们当然并不甘心，毕
竟，告示上的赏赐太丰富了太诱人啦。"你还没说，你的
快乐……"

　　"去年秋天的时候，我家院子里从来不长拉拉苹果
的那棵树突然结满了拉拉苹果。那个香，那个甜！我收
了整整三筐拉拉苹果！我最快乐的时候，是我去摘拉拉
苹果怎么摘也摘不完的时候……"

三

告示贴出去之后，可把负责收集工作的大臣拉拉里给忙坏啦！谁让他是国王拉拉布最信任的人呢！于是，他坐在一张拉拉藤椅上，吃着拉拉樱桃，喝着拉拉金箔酒，听听拉拉踏舞曲，听着办事员们宣读从各地搜罗来的、能让国王快乐起来的方法。那些办事员们也够忙的！

——来自拉拉眩镇。一位叫拉拉可的商人："能不能把尊敬的、伟大的国王的金子做成小金拉拉马、小金拉拉鹿、小金拉拉蛇，分别藏在国王的寝室里、大殿上、水井里或桌子下面，或悬挂在某些房间的房梁上。国王偶尔抬头、低头，或者偶尔打开抽屉，就会发现金光闪闪的小金拉拉马、小金拉拉鹿、小金拉拉蛇或者小金拉拉鸽子，这样，国王就会高兴起来啦。"

拉拉里把拉拉樱桃的果皮吐进面前的拉拉筒里："不采纳。下一个。"

——来自拉拉井城。一位叫拉拉读的书生："建议每个夜晚，寻找一位拉拉美女陪伴尊敬的、伟大的、正确的国王共度，同时她还要负责为国王讲述美妙的、精彩的故事，如果尊敬的、伟大的、正确的国王满意这位拉拉美女则可得到赏赐，而如果尊敬的、伟大的、正确的国王不满意她就要受到责罚……"

拉拉里把拉拉樱桃的果皮吐进拉拉筒里："不采纳。他以为我拉拉里没读过《拉拉一千零一夜》？下一个。"

——来自拉拉泽，一位名叫拉拉台的渔夫："为尊敬的、伟大的、正确的国王组建一个崭新的马戏团，国王也许看厌了拉拉猴、拉拉熊、拉拉狗、拉拉狮与拉拉老虎们的表演，但尊敬的、伟大的、正确的国王也许没有看过主要由拉拉海狮、拉拉海豹、拉拉海象、拉拉海豚以及拉拉军舰鸟表演的马戏。当然也可以有拉拉鲸和拉拉鲨鱼的加入！如果训练得法，能让它们听从拉拉训练员的指令，将是一场壮观而伟大的马戏表演！相信尊敬的、伟大的、正确的国王也一定喜欢。"

拉拉里直起身子，把拉拉樱桃的果皮吐进面前的拉拉筒里："这个，采纳，先放在一边。下一个。"

——来自拉拉因山，牧羊人拉拉猎：设立拉拉笑话采集官，为尊敬的、伟大的、正确的国王进行全国搜集，为国王编一本或两本《拉拉国笑话大全》，每天在国王不高兴或不太高兴的时候读给他听……"不采纳，下一个！"

——把饥饿的狮子或老虎赶到拉拉角斗场，然后，把拉拉监狱里罪大恶极、已经判处了死刑的犯人也关在里面……"不采纳，"拉拉里朝着拉拉筒吐出拉拉樱桃的果皮，但没能吐进拉拉筒里。"他把尊敬的、伟大的国王当成什么人啦。他才不会喜欢那么血腥的场面呢！尊敬的、伟大的国王，见到一只拉拉兔流血都会难过一整天。不采纳！"

——尊敬的、伟大的国王拥有的都是最好的，可他依然感觉不到快乐，那，我们不妨从另外一个角度来试试，譬如撕毁它，砸碎它？我们可以请拉拉宫女们在拉拉布国王的房间里撕裂一些拉拉扇，或者是拉拉锦；我们也可以请拉拉宫女们在房间里摔掉一些精美的拉拉瓷、拉拉玻璃，让房间里充满那种破碎的声响……"不采纳，"拉拉里把拉拉樱桃的果皮吐出了一半儿又咽了回去："等一下……先放在采纳建议里面吧，让尊敬的、伟大的国王自己定夺。"

——拉拉各，一个关在拉拉底狱的囚犯：给国王脱下靴子，让人用小号的拉拉挠来挠国王的脚心，如果国王不笑就换中号的拉拉挠……"呸！"拉拉里把刚刚喝到嘴里的一口拉拉金箔酒喷到了地上："这样的主意也能想得出来！不采纳！我真想用拉拉挠挠他的脚心，直到他哭出自己的心来为止。下一个！"

　　——拉拉参，一个居住在拉拉野的医生：在一本来自留留国的《留留医药学总谱》的书中，他读到，留留人的情绪变化完全可以通过刺激留留神经来控制，想让留留人笑就刺激留留神经的某一段，想让留留人哭就刺激另一段，想让他发怒、兴奋、悲伤、痛苦……总之都可以找到相应的神经段，只要刺激得当，就会让他表现出相应的情绪来。拉拉野将《留留医药学总谱》中所记载的方法在自己的拉拉病人的身上做了相应的实验，完全可以证明刺激神经的方法对留留人适用也对拉拉人适用，只是拉拉国的人个子略高神经也相较反应迟钝些，需要做微小的调整。如果尊敬的、伟大的、正确的国王一直找不到快乐之源，那不妨用来自留留国的方法试试。只要取一根长针，从拉拉布国王后脑三寸的地方斜36度向上……"不采纳！坚决不采纳！"拉拉里从拉拉藤椅上跳起来，他一脚踢翻了立在面前的拉拉筒，吐在里面的拉拉樱桃的皮溅了一地——"去，把这个拉拉参给我抓起来，用拉拉皮鞭抽他的屁股！他难道不怕承担谋杀尊敬的、伟大的、万能的国王的罪名么？把他的《留留医药学总谱》抄来烧毁，他竟敢用留留国的邪恶方法对待我们拉拉国人，而且还想用在国王的身上！至少，我要打他四十拉拉皮鞭，不，六十拉拉皮鞭！"

……

一天一天过去，又一天一天过去。一向对拉拉布国王鞠躬尽瘁、拥有着耐心的拉拉里也渐渐疲倦，而各种各样的"献策"还是从拉拉国的四面八方雪一样涌过来，拉拉里不得不开辟出三栋院子存放那些没有读到的、贡献来的献策书。"现在，你们要严格地筛选一下，内容大致相同的、明显得不到国王喜欢的那些方法就不要送到我这里来啦！"

这下，那些负责收集、传递和宣读工作的办事员就更忙啦。先后有三个办事员在传递文件的时候昏倒，拉拉里不得不让更多的办事员参与进来，专门设立了运输部、收捡部、筛选部、审核部、复核部、宣读部、保障部、落实部、回收部、存档部、文件待处理部……

"在一个遥远的地方，有一个叫什么戴维的人发现了一种'笑气'，它会让人发笑，在当地被当作麻醉剂使用。如果可以，可以派船去购买……""不采纳！尊敬的、伟大的国王是不快乐而不是不会笑，都是些什么人，怎么会提供这样愚蠢的建议！"

"尊敬的、伟大的国王对美好事物不感动，不快乐，我觉得是他不懂得施舍。所以我建议……""不用再读啦，不采纳！"

"尊敬的、伟大的、正确的国王感觉不到快乐，一定是他的生活太紧张太操劳，压力大、标准高，而平时的工作生活又太单调太规律的缘故……""不用再读啦，下一个！"

"我们拉拉国的臣民信仰尊敬的、伟大的、正确的国王，因此我们拉拉国的臣民是快乐的；而我们的尊敬的、伟大的、正确的、为着伟大的拉拉国事业操劳的拉拉布国王则很可能没有这样的信仰……""大胆！不要再读啦，把写了这条办法的人给我送进拉拉底狱！"

"有位遥远国度里的思想者说过，能做到仁和义就会感觉到快乐。他说仁是……""够了！不要再读啦！如果被拉拉布国王听到，他会不会感觉是在讽刺他不仁不义？提这样建议的人真是愚蠢至极！我都懒得派人去打他的屁股！"

"智慧会让人快乐……""下一个！"

"放弃会让人快乐……""下一个！"

"什么都不争，会让人快乐……""呸！下一个！"

"让自己愚蠢一些，会变得豁达而快乐……""呸呸
呸！把他给我抓进拉拉底狱里去！"把口里的拉拉金箔酒
喷得满地都是的拉拉里怒不可遏，他又一次踢翻了刚刚
放回面前的拉拉筒。这条命令经由落实部的办事员传达
下去不久，一位保障部的办事员匆匆回来向他汇报：拉
拉底狱已经人满为患，是不是把这个人送到别的监狱中
去……"好吧，把他送到另外的监狱，对了，把那个提
出智慧让人快乐的拉拉人也抓进去，把他们关在一起！"

一天一天过去，又一天一天过去。尽管坐在拉拉藤
椅子上，喝着拉拉金箔酒，吃着拉拉樱桃，听着拉拉踏
音乐，看着拉拉踏舞，极有耐心的拉拉里终于也消耗尽
了他的耐心的最后一截："你们，"他指指站立着的运输
部、收捡部、筛选部、审核部、复核部、宣读部、保障
部、落实部、回收部、存档部、文件待处理部的办事员
们："你们都给我打起十二分的精神，别把什么蠢建议都
递到我这来！"拉拉里往自己的嘴里又塞了一枚拉拉樱

桃，"再这样下去，我也要感觉不到快乐啦。"

四

王宫里。坐在拉拉椅上，嚼着拉拉樱桃、品着拉拉金箔酒、听着拉拉扇撕碎的声音的拉拉布依然不快乐。也许刚刚开始的时候他快乐了一小下，但随后他又陷入不快乐之中。

"哎，我为什么就快乐不起来呢？"

王宫的后花园。坐在拉拉椅上，嚼着拉拉樱桃、品着拉拉金箔酒、听着拉拉踏音乐的拉拉布国王凝视着前方，在他的前方，是一头刚刚从皮皮国运来的皮皮棕象。尽管皮皮国也处在热带，但远不如处在赤道上的拉拉国那么炎热，也没有建立在海岛上的拉拉国有这么厚的水汽——这只皮皮棕象尽管前面有皮皮香蕉的引诱，尽管身上已经挨了狠狠的几拉拉皮鞭，但它还是一副无精打采的样子，只是费尽了力气拉了一摊皮皮象屎。"我不想看啦！"拉拉布国王试图去扶一下前面的桌子，可已经被赤道的阳光晒红的桌子实在太烫，拉拉布国王的手刚放上去便被烫得跳了起来。

新建的拉拉水族馆里，坐在拉拉椅上，嚼着拉拉樱桃、品着拉拉金箔酒，观看着拉拉海狮、拉拉海豹、拉拉海豚、拉拉海象表演的拉拉布国王看上去是快乐的，但这个快乐只保持了不足一个小时。"尊敬的、伟大的、正确的国王，我知道您已经感觉疲倦啦，兴致正在慢慢地减小……但我们，还有小小的保留，还有小小的节目。希望尊敬的、伟大的、正确的国王您能够喜欢。"

"好，那就快点！我觉得快乐已经回到我的身体里来啦！拉拉里，你会得到你应得的赏赐的！"

拉拉里打了一个拉拉响指，天空中立刻出现了五只拉拉军舰鸟，它们时高时低在变换着队形，随后，拉拉里的秃头鹰在更高处出现，它朝向拉拉军舰鸟们扑过去，就在它将要抓住一只拉拉军舰鸟把它按进水中的时候突然又松开了，那只拉拉军舰鸟腾空飞起，只落下了两根羽毛。"好！"拉拉布国王兴奋异常，"我最爱看这样的游戏啦！"

接着，五只拉拉军舰鸟在空中排成一排，停滞在那里，然后一只只朝着拉拉海象的头上冲过去。它们，用坚硬的嘴去啄拉拉海象的硬脑壳。砰砰砰砰砰！笨拙的海象根本反应不过来，好在它的脑壳够硬，也好在那些经过排练的拉拉军舰鸟也并不真是想把拉拉海象的头啄破。"哈哈，好，我最爱看这样的游戏啦！"

五

　　拉拉布国王终于找到了快乐，大臣拉拉里、拉拉阁、拉拉波们，以及拉拉国的小民终于可以长出一口气啦：已经快乐起来的拉拉布国王现在应当可以集中精力处理拉拉国的大事，他心情愉快，那处理起来就会把愉快也带到他颁布的法令中、政策中，拉拉国的臣民们就不会那么在担惊受怕中过日子了。那个叫拉拉台的渔夫当然得到了丰厚的赏赐，尊敬的、伟大的、万能的国王派人敲锣打鼓，经历了不少的艰辛才把所有赏赐送进拉拉泽的家门。其中有二十只拉拉鸡，国王的人马把它们送到拉拉台家里的时候它们已经变成烧鸡，炽热的阳光已经烧焦了它们的羽毛，但同时，拉拉台还收获了几十只小鸡——拉拉布国王的赏赐里还有三百枚鸡蛋，一路上，有些破损的鸡蛋在慢慢变臭而另外的一些则被孵出小鸡来啦！

国王赏赐的拉拉棉纱没受到影响，国王赏赐的拉拉黄金壶也没有受到影响，国王赏赐的……那么丰厚的赏赐真的是让几乎所有拉拉国的人羡慕，拉拉台的名字四处流传，我们的眼珠都快掉出来啦！尤其是在拉拉泽，尤其是那些平时和拉拉台一起出海的渔夫们，他们天天都沉陷在懊悔之中：我们天天也都到海上去，天天都能看见拉拉海狮、拉拉海象、拉拉海龟，为什么我们就想不到呢？

他们决定，再也不和拉拉台一起出海。不，绝不。就是拉拉台说破天也没用。

拉拉布国王终于找到了快乐……可是，没过多长时间，这位尊敬的、伟大的国王又对拉拉水族馆里的表演感觉到厌倦。"为什么会这样？我觉得所有的快乐都不能持久……拉拉里，你给我听着，现在你必须给我想出另外的解决办法，否则，我就砍掉你的拉拉秃头，挖掉你最后一只拉拉眼！告诉你，我可是说到做到的国王！"

"哦，尊敬的、伟大的、万能的国王……"

六

重新张贴了告示之后，可把负责收集工作的大臣拉拉里给忙坏啦——谁让他是国王最信任的人呢！于是，他坐在一张拉拉藤椅上，吃着拉拉樱桃，喝着拉拉金箔酒，听听拉拉踏舞曲，听着办事员们宣读从各地搜罗来的、能让国王快乐起来的方法。那些办事员们也够忙的！

"不，不行。"

"不能采纳。难道他不知道我们尊敬的、伟大的、正确的、万能的国王最不喜欢这件事么？真是的！难道，他从来没好好读过去年刚刚出台的拉拉国国王禁止令？"

"不采纳。"

"不行，下一个。"

"说过多次了，这样的……把他给我关进拉拉监狱里去，随便哪个监狱吧，难道，这样的事还要我来操心？"

"不行。"

"下一个。"

"下一个。根本行不通。"

这时，一个筛选部的办事员跑过来，他凑近拉拉里的耳朵。

"什么？"拉拉里直了直身子，他把口里的拉拉樱桃的果皮吐进拉拉筒里，"哼，又一个故弄玄虚的人，这样的人我们已经打发过上百个了！告诉他，不见，如果他再纠缠就直接让落实部的人把他送进牢里去。"

"可是……可是这个人不同。"筛选部的办事员犹豫了一下，他决定向拉拉里说出来。"是的，他也是不肯把自己想出的办法告诉采集官，非要直接见到您或者尊敬的、伟大的国王才说，可他还表示，如果他的这条办法没用或者惹得国王生气，那他愿意将自己全部的家产都奉献出来，这是他的契约。"

"是吗？"拉拉里再次直起身子："我倒是看看，是谁给了他这样的信心。让他在门外的太阳底下等三个小时！如果他真不肯走，我就带他直接去国王的宫殿。"

七

"你是说，你有让我快乐起来的办法？"坐在拉拉椅上，嚼着拉拉樱桃、品着拉拉金箔酒、看着拉拉舞的国王拉拉布问道。"而且，你都不肯向我的大臣拉拉里透露半个字？"

"尊敬的、伟大的、万能的国王，我，我其实……"

"好吧，你说说看，我怎么才能快乐起来呢？"

"尊敬的、伟大的、万能的国王，您拥有整个拉拉国里最大的荣耀，最最多的赞颂，最丰富的财富，天下最多的美味、美色和美酒，可您却感觉不到快乐了，为什么？作为愿意为您分忧的忠诚的子民，我天天也是茶饭不思、夜不能寐，一直在想我们尊敬的、伟大的、万能的国王还缺什么呢？想来想去，国王陛下，拉拉里阁下，我觉得您可以说拥有全天下了，唯独还缺一项。"

"你快说，我们尊敬的、伟大的、万能的国王还缺什么？能缺什么？说不出来，我一定要砍你十次拉拉头！"拉拉里冲着那个跪在拉拉布国王面前的人吼叫。

"尊敬的、伟大的、万能的国王，您还缺一项……大功业。不不不，我没有那样的意思，尊敬的、伟大的、万能的国王建立的功业已经足够多啦，但您是拉拉国历史上最伟大的国王，您想成为拉拉国历史上最伟大的国王……所以您还缺乏一项大功业。有了这项大功业，您就会更受拉拉国臣民们的爱戴，您的快乐自然就在啦。"

"你倒说说看……我还缺一项什么大功业？一项连我自己都不清楚的大功业？"拉拉布国王探着身子，他似乎很有兴致。

"尊敬的、伟大的、万能的国王啊，我们拉拉国建在赤道的岛屿上，一年四季都是炎热的夏天，世世代代都是如此……我猜想，尊敬的、伟大的、万能的国王一定想打破这样的局面，开疆拓土，为您的子孙和您的子民把拉拉国的版图再扩大些，再扩大些，这是前辈拉拉国的国王们想做而没能做到的事儿，现在，应当由您，尊敬的、伟大的、万能的拉拉布国王来完成了。您的事迹将在拉拉国的史书中万古流传。尊敬的、伟大的、万能的国王啊，我知道您一直想要一个秋天一个冬天，至少是一个春天，前几年您命令去南极运输冰山就是想为拉拉国造福，让国王您和您的子民不再天天受这种炎热之苦……您知道，过了拉拉海、留留洋和石榴洋，就到了雪雪国的地盘儿，他们那里常年积雪，一团火从树上落下落到半路的时候就会被冷风给冻住，掉到地上的时候它们已经是冰。据我所知，那里的雪雪克国王是一个无赖而无能的暴君，雪雪国的子民们早就不满他的统治很久啦，我们如果跨过大洋把雪雪国吞下来，那样，每年夏天您和您精选的子民可以在雪雪国度过，您将拥有完整的寒冷和炎热，您将占领雪雪克国王的宫殿并建一所更大的……尊敬的、伟大的、万能的国王啊，我想这就是您的大功业，难道，您会不想么？"

"想，你这么一说，我就想啦！之前我怎么就没想到呢！告诉我，你叫什么名字，你要什么样的赏赐？只要你提出来，我会满足你的全部愿望！"拉拉布国王激动地直起身子，踢倒了面前的拉拉筒："拉拉里，你还在等什么！快，颁布我的命令，拉拉国的子民动员起来，我们要用最快的速度打造战船，我们要到雪雪国的土地上度过夏天！"

"可是……"拉拉里看着国王洋溢着快乐的脸色，不得不把已经吐到嘴边的话又重新咽回嘴里。

「一次计划中的月球旅行」

一

　　一个大胆的计划必须要有精密的准备作为保证。你可以让你的计划足够大胆，但实施起来就是另一回事了，这就像一枚镍币的两面，或者是水银的两面。在二三九二年，一个秋天的晚上，约瑟夫·格尔突然向我们宣布，他要进行一次前往月球的旅行，他为这个计划已经兴奋了很久了。自从有了这样的一个计划以后，约瑟夫·格尔就开始失眠，他发现晚上其实并不像我们想象的那么安静，许多貌似平静的事物，譬如茶几上的杯子，譬如那台挂在墙上的电视，譬如老式的摇椅，它们在深夜里总是悄悄地说话，或者冒出一些气泡，反正，它们让约瑟夫·格尔心神不宁。

　　他说，他不能再在地球上待下去了，自从发现那些貌似平静的事物并不平静之后。总在地球上待着让他感到厌倦，他厌倦了喝咖啡，吃奶酪，厌倦了看《国际时报》和根本不能激起他性欲的《花花公子》，厌倦坐在沙发上看电视，坐在马桶上看电视，而不是坐在其他的什么上面。厌倦每天总发生那些没有变化的事。当然，他说的也许并不是实话，他说得自相矛盾，他一直是个自相矛盾的人。不过，约瑟夫·格尔这次说的是真的，他真的在计划一次到月球的旅行，他真的向国家旅游局提出了申请，这不，第三天早上蓝制服的人来敲他的门了：旅行局已经批准了约瑟夫·格尔的要求，三个月后约瑟夫·格尔将登上月球。也就是说，他还有三个月的时间和我们，和他的那些茶杯、电视和摇椅待在一起。

　　蓝制服的到来让约瑟夫·格尔激动不已，我想，在此之前，他的计划不过是一种心血来潮，他并没有真的要付诸实施，这个喜欢幻想和夸张的人总是会突然地头脑发热，然后很快把一切忘得无影无踪。他是这样的一个人，我说得没错。不过，蓝制服的到来使他不得不当真了，他在地球上还有三个月的时间。他在我们的面前搓着手：再见了，我的朋友们，我得好好地计划我今后的生活了，我要去月球了。我的时间。我得抓紧时间。

　　我们也为约瑟夫·格尔兴奋，这个家伙，他要去月球了，不知道他会在那里生活多长时间，他是不是还要回来，里尔甚至还想到了约瑟夫·格尔的房子应当或者会由谁来继承的问题，但相对于约瑟夫·格尔的月球旅行而言，它太小了。

二

　　我们这些邻居，我们来到哥德小广场上，这里能够更好地看到月亮。在晚餐之后，我们迈开步子朝着小广场走去，不约而同。约瑟夫·格尔的月球旅行计划对我们同样构成了事件，它影响到我们的生活，这是我们生活里少见的兴奋因素，甚至，它给玛格丽特·乔尔大妈的血压带来了少见的升高迹象，玛格丽特·乔尔大妈不得不吞食比平常多五倍的降压药，她还喝下了一种据说有降压之效的中国奶茶——尽管那个有月亮的晚上距离约瑟夫·格尔的月球旅行时间还有两个月零二十九天。不知道玛格丽特·乔尔大妈之后的两个月零二十九天会怎么过。那天晚上只有约瑟夫·格尔没有来到小广场。他不来我们更方便看月亮，那将是约瑟夫·格尔的月亮，他要是还在我们身边，我们就没有那种感觉，只有他约瑟夫·格尔不在这里，才不会对我们的兴致造成破坏。那天的天气很凉，我们穿着单衣在月光的下面发抖，但是没有谁提前离开，离开我们小广场上空的月亮。

我们看那天的月亮：它是具体的月亮。是约瑟夫·格尔要居住一段时间甚至是永远居住的月亮。它带有了约瑟夫·格尔的气味。它和我们每次所能看到的月亮不同。那一天，我忘了我每次看到的月亮是一种什么样子，反正，它和我那天看到的不同，很不相同。至少，它不再显得那么轻，像是悬在天空上，现在不是了。

我们看那天的月亮，它的颜色也有了变化。这变化是约瑟夫·格尔即将到来的旅行带来的。它的大小有了变化。这也是约瑟夫·格尔即将到来的旅行带来的。

月亮：在太阳系中，是地球的行星，围绕地球公转。表面凹凸不平，本身不发光，直径约为地球直径的1/4，引力相当于地球的1/6。当地球运行到月亮和太阳的中间时，太阳的光正好被地球挡住，不能投射到月亮上去，就出现了月食⋯⋯

那天晚上约瑟夫·格尔没有和我们一起到小广场来

看月亮，他也许在完善他的登月计划，也许，他觉得在小广场上看月亮已没有什么意思，到达和观看是完全不同的概念，它们之间的距离恰恰就是从地球到月亮的距离，两个概念终于有了可以度量的距离，这距离的测量是因为他约瑟夫·格尔才得到完成的。了不起的约瑟夫·格尔，以前，他只是一个有些古怪嗜好、一事无成的老头。他的妻子在两年前死亡，至于他曾经有过的一个情人，早在二十年前就不再跟他联系了，她的存在应当被质疑，有时我们宁可相信，情人的存在完全是约瑟夫·格尔的杜撰，完全用来满足他的虚荣。他的房子还不错。他的心地也不错。他还有什么不错来着？

那天晚上约瑟夫·格尔没有和我们一起到小广场来看月亮，不过他房子里的灯一直亮着。灯光和月亮的光相比较，还是灯光容易让人接受一些。

三

我想我应当去看一下心理医生，这是在我得知约瑟夫·格尔旅行计划之后的计划，由此你会看出计划与计划的不同。我的计划和约瑟夫·格尔的计划不同，和卡兰特的计划不同，和约翰·乔治的计划不同。卡尔西计划买一辆一六四三年产的福特汽车，《文学世界》上说一个叫罗列的诗人正在计划写一首大约八十万行的长诗。我的计划和他们的计划不同，这让我拿不定主意，这让我有一种自卑：我的计划只是去看心理医生。或者我可以不去。我可以进行自我治疗，也可以去问一问约瑟夫·格尔，我想他有解决的办法。

　　在我得知约瑟夫·格尔的登月计划之后，我也陷入了失眠。这不算什么问题，我平时也有时会失眠，这主要是失业和失恋带给我的，它具有周期性，无论吃不吃药，过一段时间就会好起来，然后再过一段时间重新开始。我不是因此要去看心理医生。而是因为，我和约瑟夫·格尔一样，发现那些平静的东西不甘于平静，它们真的在夜里悄悄地说话。它们很是烦人。有时它们的争吵过于旁若无人，我大声地喊一声，它们就平静一会儿，然后又开始喊叫。它们真的吐着泡泡，也不知道那些泡泡从哪里来，是由什么组成的。电视的泡泡不会是由水组成的。椅子的泡泡不会由水来组成。电话的泡泡也不会。总之，在夜晚总是一片混乱，如果我能够好好地睡觉我就可以忽略这些，可是我却不能。我想约瑟夫·格尔会有很好的解决办法，这个问题在他那里应当已经得到了解决。

"没有别的办法。你可以和我一样向旅行局提出申请。你用一个计划来覆盖它，用一个让你觉得有趣，而且得努力去做的计划来覆盖它，它就不再闹了，它再闹也没有什么意思。"

"当然，你的计划肯定不会是去月球旅行。你可以有别的计划，反正你不会像我这样想。"

"一个计划会让你睡得平静。睡得充实。虽然我时常被我的计划搞得失眠，但失眠和失眠不是一回事。我想你是明白的。"

"它们闹就闹吧，还能闹几天。我只有两个多月的时间了，我想就是我把它们带到月球上去，它们也不会这样闹了。"

......

我的问题并没有得到解决。不过我想我也许真的会有一天也会登上月球去的，我没有把我的想法和约瑟夫·格尔说。我想我在月球上应当有新邻居，要是没有一种全新的生活到月球上干什么呢。我想约瑟夫·格尔和我的想法也一样。在这一点上我们心照不宣。

这得等段时间看看。我会给到达月球上的约瑟夫·格尔打电话的，我要看他在月亮上的情况而定。

四

约瑟夫·格尔的时间表：

9月28日，购买去月亮所需的物品，包括一张折叠床，四双袜子（要苹果牌的，梦特娇的也行），一把斧子（因为有人说月亮上有一棵巨大的树，可以砍掉它多余的枝条取暖，法律没有规定不能砍月亮上的树，众所周知，月亮在没有阳光照射的时候会很冷），两箱蓝带啤酒，火腿肠。一瓶治疗风湿症的药，或者两瓶，或者更多，手机，月球通用信用卡。

9月29日，向月球旅行局发一封信。向乔治太太告别。如果时间允许还要去一趟图书大厦，看有没有卡拉奇·杜罗的新书。

10月8日之前，要去房屋管理局一趟。要去税务局一趟。财产保险公司也要去。要去乔斯特剧院看一场歌剧。

11 月 3 日：购买月球棉衣。去看一下保健医生。

11 月 8 日，和乔伊斯吃一顿晚餐。如果他有时间的话。

在 11 月 21 日生日的时候，和邻居们，和乔伊斯一起庆祝一下。可以搞一个舞会，不知道乔伊斯是不是同意。这事得他来办才行。

……

这张表是玛格丽特·乔尔大妈在约瑟夫·格尔的院子后面发现的，它被团成了一团，团成一团的纸团引起了玛格丽特·乔尔大妈的好奇心，玛格丽特·乔尔大妈的好奇心一直相当丰富。这大致和她的遗传有关，她的父亲据说是一个业余侦探，或者是间谍。在约瑟夫·格尔向我们宣布他的登月计划之后玛格丽特·乔尔大妈的好奇心得到了膨胀，如果不是为了抑制不断升高的血压，乔尔大妈一天在约瑟夫·格尔的院子里的出现不会少于十次。因此有人认为约瑟夫·格尔的这张时间表是有意团成团扔在外面的，他是为了让玛格丽特·乔尔大妈能够轻易地看见，他要利用乔尔大妈的手向我们展示他，以及他的计划。

如果是那样的话约瑟夫·格尔的想法是有效的，不出五天，我们所有的邻居都有了他这样的一张时间表，当然，是复印的，由乔尔大妈神秘地送到我们每个人的手里。我们每天看着约瑟夫·格尔从他的院子里出来走向他的计划。我们对照着表格：今天约瑟夫·格尔应当去给月球旅行局发一封信了。今天他应当向乔治太太告别。他可能要去图书大厦了，不过我们已经为他看过了，图书大厦没有卡拉奇·杜罗的新书。

　　在约瑟夫·格尔应当去乔斯特剧院看歌剧的那天晚上我们没有看到他出来。他的灯一直亮到十一点才熄灭，而后来报纸上说，歌剧在十点四十就结束了。约瑟夫·格尔没有按照计划进行，或者说没有完全按照计划来进行，这让我们感到不安。在那个晚上和后来的一整天，我们这些邻居都在传达着这种不安情绪，他为什么不按计划进行？是他放弃了登月的计划还是有什么阻挡了他？我们拿着他的时间表，可是，他却抛开了他的时间表。也就等于抛开了我们的期待。这让我们不仅是不安，还有些失望。想想，我们自以为拿着他的轨迹，自以为掌握了他，认识了他，可他却和我们的认识不一样。一张无用的时间表让我们有了挫败感，可是，我们还无法断定它是不是真的再也无用了，也许有一天，约瑟夫·格尔会重新回到他的时间表中，按部就班。

事后，我们得知，约瑟夫·格尔在那天晚上不舒服，他有些感冒，于是他只得更改了他的计划。当乔尔大妈告诉我们"真相"的时候，我们都感觉长长地舒了口气。

不过，约瑟夫·格尔真的有了另一张时间表：

9月29日，向月球旅行局发一封信。

9月30日，给迈克打个电话或者去他那里向他告别。

10月1日，上午，参加华滋街的庆祝活动；中午，睡觉，或者和保尔下棋；下午，去房屋管理局；晚上，看歌剧。

11月3日要继续购物：购买月球棉衣。购买牙刷，牙膏，康保牌内衣，爱希斯牌梳子……购买降压药，镇静药，预防生气的药，预防痛哭的药，预防孤独的药，伟哥，阿莫西林。灭蝇剂（可能考虑到月亮上没有苍蝇或者是苍蝇较少，约瑟夫·格尔将它从购物清单中划去了；大约是觉得它可能具有消灭月球上其他月球昆虫的功效，约瑟夫·格尔在被划掉的"灭蝇剂"下面又画了一个圈，然后在下面添上三个大小不一的点——这是我们根据最近得到的约瑟夫·格尔时间表上的墨迹而进行的猜测，它是我们这些邻居的假想，我们的假想有两种可能：一种是正确的，我们的猜测和约瑟夫·格尔的想法一致；另一种是相反，我们的猜测根本上是种错误，他想到的是另一回事。在任何事件发生之前的假设都具有两种可能，要么正确，要么错误）。

11月8日，和乔伊斯吃一顿晚餐。（这个乔伊斯是谁？在两次的时间表上这个名字都出现了，而且，在这两次的时间表上凡是和乔伊斯有关的内容均未进行改动。他是约瑟夫·格尔的朋友？私生子？兄弟？同性恋者？一个有着抑郁症的诗人？作家？画家？或者无业者？我们从来没有见过这个乔伊斯，也从来没有听约瑟夫·格尔谈起过。这个老家伙竟然也有秘密！玛格丽特·乔尔大妈的手在发抖，她对于像约瑟夫·格尔这样的人，和她做邻居做了十一年的人竟然也有秘密而不为她所知而感到气愤。在乔尔大妈那里，个人拥有这样的秘密是不被允许的，这实际是对她能力的一种讽刺，尽管我们并不这么想。对于我们多数的人来说，我们尊重个人的一切。）

在 11 月 21 日生日的时候，和邻居们，和乔伊斯一起庆祝一下。可以搞一个舞会，不知道乔伊斯是不是同意。这事得他来办才行。

好了，我们可以等待 11 月 21 日这一天的到来，那时，一切都会真相大白，我们可以依次向那个乔伊斯打听他和约瑟夫·格尔的关系，他们之间的来往。玛格丽特·乔尔大妈甚至想在 11 月 8 日那天跟踪一下约瑟夫·格尔，只要她的高血压不会在那天找她的麻烦。她要先看一看这个乔伊斯是一个什么样的人。

五

在二三九二年的秋天，关于约瑟夫·格尔准备登月旅行的话题占据了我们的生活。我们在喝茶的时候想着它，在睡觉之前想它，在饭桌上想着它，在刷牙的时候洗脚的时候想着它，在做爱的时候有时也会想到它。约瑟夫·格尔计划登月的话题就像是空气。就像是水。就像是我们的头发，对于不长头发的乔斯·格尔来说就像是头皮。像我们的衣服，我们的床。有时，我们这些邻居共同地避免谈到约瑟夫·格尔的计划，可是，我们在谈论着别的话题（譬如天气预报中无上衣袖的女主持人等话题）时却常常不自觉地谈到月亮。不经意谈到月亮之后即使我们马上停住，可是我们都还是会想到约瑟夫·格尔。他的计划。

我的邻居，一个时常忧伤的诗人房龙在那个秋天写下了大约二十多首有关月亮的诗，每写完一首他就会拿给我们看，以前，他从来不让我们看他写诗，他让看我们也不会看。说实话我觉得他的诗歌属于垃圾。属于大便。属于酒后的呕吐物。它可能还属于什么。可我和我的邻居们还是忍着它的气味，一直看到最后一个字。约瑟夫·格尔的计划多多少少改变了一些我们的习惯，我们这些邻居之间的联系也得到了加强。

在约瑟夫·格尔的门外，玛格丽特·乔尔大妈改变了她惯常的打扮，她常常出人意料地出现，她的打扮常让我想起《白雪公主》中的那个巫婆，《小人鱼》中的那个女巫。她的自以为是把她凸显了出来，在那段时间里，玛格丽特·乔尔大妈对于她愿意从事的间谍工作完全不能胜任，虽然这是因为她极力要做好的结果。

六

对于一个平常的人来说，要是你想凸显出来就得制定一个大胆的计划，并至少是做出要实施的样子。原来，我们只知道我们有约瑟夫·格尔这样一个邻居，有玛格丽特·乔尔大妈这样一个邻居，我们在遇到他们的时候相互点点头，说说那天的天气，至于对他们做什么从哪里来到哪里去等一切都没有什么兴趣。我们各人有各人关心的事，这些事与他们无关。现在不同了，因为一个登月的计划使约瑟夫·格尔凸显了出来，随之，玛格丽特·乔尔大妈也跟着凸显了。

月亮也跟着凸显了。诗人房龙有仰望月亮的习惯可以理解，但乔尔也有了这样的习惯。卡拉莱特也有了这样的习惯。就连卡特·乔森也有了这样的习惯。卡特·乔森从来不关心他的身体和他的财产以外的事。他总是在吃一些奇奇怪怪的保健药品，现在，有月亮的晚上他也会到哥德广场去看一会儿月亮，他抬着头，然后伸出他肥胖的手，往嘴里埋一些保健药。从另外的方向看去他的这个动作就像是往一个碎纸机里塞什么东西。在哥德广场的晚上，时常聚集我们这些平时很少往来的邻居。我们来看月亮。谁知道我们看见了什么。

在月亮不出现的晚上，我们有时也会聚集到小广场上。这样的聚集显得我们越来越无所事事。上面是黑洞洞的天空，有时挂些星星在上面。

"要是约瑟夫·格尔到了月亮上，这样的时候他就背对着我们，他肯定会寂寞的。那时，我就给他打个电话。他要是和我一样爱喝酒多好。我们可以喝两杯。"

"我宁愿去南极旅行也不要到月亮上去。月亮上太冷了。在南极，至少有一些熊，有一些鹿啊什么的。"

"现在南极有鹿了么？它会比企鹅更耐寒？"

……

9月29日，也就是约瑟夫·格尔在他的两张时间表中同时列出向月球旅行局发信的那天，一次突然的车祸使我们的邻居卡拉莱特住进了医院。晚上的时候我接到他的电话："我现在在医院里，可能需要几个月才出院。去他妈的医学。我恨透这些医生啦。要是约瑟夫·格尔去了月球，你可得告诉我他的消息。我想知道。"

七

关于约瑟夫·格尔到达月球后的种种猜测：我记下
了它们。猜测是一件有趣的事，它比我获得已有的知
识、听到已有的趣闻还要有趣得多，因为月亮无限遥
远，月亮上发生的一切可以超出我们的知识之外。我完
全可以把我所听过的有趣的故事，以及我所想到的故事
加到月亮上的约瑟夫·格尔的身上。猜测让我着迷，就
像收集旧邮票让我着迷，和玛格·吴尔芙小姐约会让我
着迷，阅读一些小说让我着迷，看限制片让我着迷。在
我自己做的一次兴趣测验中，我对猜测的兴趣比收集到
一枚好的邮票高出十一个百分点，比阅读卡尔维诺的小
说高出十七个百分点，比看限制片高出九个百分点，比
和玛格·吴尔芙小姐上床高出一个百分点。它只比与乔
斯·赫本共度良宵低三个百分点，但是，我根本没有机
会和乔斯·赫本共度良宵。她是一个名人。是最漂亮的
女人。她根本不可能认识我，永远不会。

我给它们编上了号。

NO. 1:

约瑟夫·格尔来到了月球。他一到月球上，就先向着地球的方向大喊了一声，谁知道他喊的是什么，也许是：操！他一兴奋的时候总爱说这个词。我相信他会把这个习惯带到月球上。当然，他也可能来到一个陌生的环境后会变得文明些。那么他说出的话极可能是：我用我的心来爱你，我的月亮。

他的兴奋不会很快地消失。这会冲淡他的孤独，他会用许多天来熟悉月球上的环境。他的乔凡斯牌运动鞋派上了用场。因为月球上到处是石头，不易辨认方向，所以约瑟夫·格尔从来不敢走得太远。有月光的晚上，这实际是月亮的白天，约瑟夫·格尔到一些洼地里去捞月乳，用它来做奶酪。可是他说他厌倦了吃什么奶酪，那么，约瑟夫就把他捞到的月乳晒起来，最后，它们全部干得像石头，堆在约瑟夫·格尔房子的后面。有月光的晚上他应当有一把吉他，或者什么乐器，在月球上生活不唱点什么是不行的，这么多的月光，而且离得这么近，在月球上的月光是有黏度的。可是，据我所知（其实更多的是据玛格丽特·乔尔大妈所知）约瑟夫·格尔是一个枯燥的人，他根本不会任何一种乐器——那么有月光的晚上他只得给地球上的人写信。打个电话。上上网。

要是那样的话他会感到孤独的。孤独会像一些虫子生长在他的身体里。特别是没有月光的晚上，大约半个月的时间约瑟夫·格尔都得在黑暗中度过，他不可能用这么长的时间来睡眠，那么长的时间在黑暗中，会把他闷死的。约瑟夫·格尔决定向月亮的那边走一走，朝着有月光的那一边走一走。他想找那些先于他来到月亮上的人，他想人多了孤单就会少一些，于是，他就出发了。

他是在有月光的晚上出发的，为的是赶在月亮的这面完全陷入黑暗之前赶到它的背面去。他带着照明灯，月图册，一支激光枪，以及一些必需品，好在这些东西都不是很重。他走啊，走啊，爬过了许多的山冈，走过了许多的沟壑，也不知过了多长时间，月光已经变得很稀薄了，在爬到一座山的山腰的时候，月球陷入了完全的黑暗之中。约瑟夫·格尔那些笨拙的脚趾根本快不过月球自转的速度。这时，他遇到了风暴。

资料上说月球的风暴要比地球上的风暴大得多，因为月亮上没有植被，风暴一旦形成就不会遇到任何的阻挡。我给可怜的约瑟夫·格尔安排这场风暴并不是出于恶意，只是一种客观的估计，同样是资料上说，月球上每天都有风暴，约瑟夫·格尔不可能不遇到。那场风暴卷起巨大的石头，铺天盖月，它很快就卷走了约瑟夫·格尔所有携带的物品，约瑟夫·格尔紧紧抓住一块巨石，也不知过了多长的时间，风暴终于停下了。这时约瑟夫·格尔睁开眼睛，他不得不面对这样的处境：虽然他躲过了风暴，可风暴卷走了他身边的一切，包括石头，月乳，甚至半座山峰。现在，他一个人站在悬崖上，风暴抽走了他所有可能的路径，他既上不了山也下不了山，他站在悬崖的一个凹陷的里面，无论月光怎么照射也照不到他的位置，要是没有谁来解救他的话，他以后的日子都只能是黑夜。

　　（在我个人的另一版本中，约瑟夫·格尔没有遇到风暴，不过，他走到了黑夜中，从此之后他的速度基本和月球自转的速度保持一致，也就是说，他要是一直走下去的话是走不出黑暗的。他只得停下来，坐在黑暗里打发无聊的漫漫长夜——它有十五天之长——约瑟夫·格尔不间断地向旅行局打求助电话，可旅行局的答复是，在没有月光的晚上飞船无法在月球上着陆，也无法确定他所在的具体位置，他得在这些天里自己想办法。后来我又有了更新的版本：约瑟夫·格尔被困在悬崖上，每天都有一只月亮上的鹰来抓他，想把他抓走，他只得时时做好和鹰进行搏斗的准备。就在他精疲力竭陷入绝望的时候，一个人来到了悬崖下面……）

NO. 2：

约瑟夫·格尔来到了月球，这是他不幸的一个开始，如果不来月球的话，上帝会安排他远离这样的不幸。可是他来了，因为厌倦。厌倦时常会成为不幸的诱因，这在巴赫·乔斯的一本《论不幸》中早就说过，我想约瑟夫·格尔肯定没有看到那本书，他要是看到了就会是另一种情景。他是一个不爱看书的家伙。他宁可坐在马桶上看电视，宁可在田野里挖掘也不愿意拿本书来看。看书这样的事对他来说毫无乐趣。

问题是约瑟夫·格尔一到月球就看到一群白鹳朝着远处飞去。我们知道月球在二〇八四年就引进了空气和水，二二七五年效仿地球的植被种植了大量的仙人掌类植物，种植了马蹄莲，三十多种蘑菇，松树，梧桐，无花果树，冬青树，核桃树，等等。可见旅行局早就有开辟到月球旅行和定居路线的计划。一下飞船就看到飞起的鸟，这让约瑟夫·格尔有了一份好心情，并且对它们飞往的方向充满了好奇。一个人的好奇心往往是不幸的另一个开始。约瑟夫·格尔朝着白鹳飞去的方向走去。月球上的石头相对松软，踩上去如同踩在棉花上一样，如同踩在很厚的树叶上一样，如同踩在腐坏的尸体上一样。

随后，月球上渐渐地黑了下来。月球上的黑不像地球上的黑，它像是在雾的里面，它是一种混杂了各种灰色的黑。约瑟夫·格尔住进了一间不算很小的帐篷里面，他想给我们打个电话，可是电话里只是一串串忙音。（也许他根本就没有想到给我们打电话，这只是我自作多情，不过，我想约瑟夫·格尔应当对他到月球上的情况有种急不可耐地想要找个人说说的欲望。）

他只睡了很短一会儿，就被一种巨大的而且混乱的声音惊醒：在这间房子外面，火光冲天，冲天的火光使月球的晚上就像白天，一场战争正在开始——就在约瑟夫·格尔走出房门的那一刻，一队人马正准备朝着他的方向放炮。那些人显得有些笨拙，于是约瑟夫·格尔对自己说，"现在我到那边去，帮助他们校正炮位"。要知道在二三八五年的时候他还是一名经验丰富的炮兵，而他看出那些人使用的炮是一种旧式的炮。他朝着他们的方向奔去，可是，那些笨拙的人或者出于无意或者出于故意，他们朝着约瑟夫·格尔当胸一炮。约瑟夫·格尔飞上了天。

对于约瑟夫·格尔来说，他应当感谢发达的医学，应当感谢月球上几乎无菌的自然环境：他被炸成了两半。可是，他的两半都活了下来：在第二天早上，约瑟夫·格尔的一半睁开了唯一的一只眼睛，张开了那半张嘴，翕动了那一个鼻孔，然后站起了身子。他看到他的另一半朝着另外的方向走去。

约瑟夫·格尔被分成了两半，他的两半分别在两支对立的队伍里。为了区别，我给他们加上一个定语以便进行区分：左边的一半叫左约瑟夫·格尔，右边的一半叫右约瑟夫·格尔。左约瑟夫·格尔指挥着他的队伍进行偷盗和征战，同时惩罚那些不听他乱七八糟的命令的人，在右约瑟夫·格尔所在的那支队伍节节败退的时候，无所事事的他甚至点燃了自己军营的营帐。左约瑟夫·格尔的所到之处，所有的东西都只剩下了一半儿：只剩下一条腿的月球火鸡，半个蜗牛，只剩下一半儿的椅子……就是在他的那支队伍中，人们也总是对他唯恐避之不及，他被渲染成一个瘟神和灾星。而右约瑟夫·格尔所做的则是，帮助那些受伤的战士治疗，给只剩下一条腿的火鸡做一种小拐杖，掩埋死去的两方战士的尸体，他还在一次对左约瑟夫·格尔进行的伏击中事先向左约瑟夫·格尔的队伍进行了通报，使他们免遭灭亡的命运……心怀恶意的人没有一个月夜不是恶念丛生，像一窝毒蛇盘绕于心间；而心地慈善的人也不会不产生放弃私念和向他人奉献的心愿，它像百合花一样开放在心头。左右约瑟夫·格尔忍受着相反的痛苦的煎熬。

左右约瑟夫·格尔的存在使那两支队伍里的人忘记了战争的原因，忘记了应当的愤怒，他们的愤怒集中在了约瑟夫·格尔的身上。于是他们经过秘密的协商，在一个月黑之夜共同发动了哗变，他们把左右约瑟夫·格尔绑了起来，将他们推到了队伍中央。两个外科医生将他们重新剖开，他们将所有的内脏和血管接好，然后用一条一公里长的绷带把他们绑在一起，缠得紧紧的，不像是个伤员，倒像是一具木乃伊……

NO. 3：

乘坐飞船是一个重要的事件，对约瑟夫·格尔来说是这样的，对我们来说也是这样的；到月球上旅行是一个重要的事件，对约瑟夫·格尔来说是这样的，对我们来说也是这样的。所以，约瑟夫·格尔会兴奋不已，他依靠安定片，一种叫"沉睡之神"的中国药液，后来是（咖啡粒，摇头丸），以及种种的别的药物来保障自己的睡眠。他几乎把自己当成了安定类药物的实验场，然而在最后的几天里一切药品都对他失效。他度过了多个不眠之夜。他一直让自己的眼睛中出现黄的蓝的红的月亮。如果再晚一天，约瑟夫·格尔将会陷入精神崩溃之中，在上飞船的那一刻他已经呈现了崩溃的迹象。崩溃就是在自己的眼前总出现月亮。或者是虫子。或者是一块红布。或者是，他就像一块石头那样倒下去，在飞船上死死地睡着，无论怎样喊叫他也无法醒来，最后漂亮的空姐不得不温柔地对他使用了一种高压电棒。可他只是翻个身，然后重新鼾声如雷。

在这样的睡眠之后，约瑟夫·格尔将会遇到各种意外——这么远的距离和这么多的未知情况，如果不出现点意外才不正常呢。对意外的发生我们都得保持警惕，并且充分考虑，即使如此，我们也难以排除意外的发生，它太无处不在了。在约瑟夫·格尔前去月亮的途中遇到了这样的意外：他醒来后发现自己在一个完全陌生的星球上，但它不会是月亮——因为他看见月亮在他的眼睛左边挂着。因为某种疏忽，运载约瑟夫·格尔的飞船偏离了轨道，降落在了一个不知名的星球上。对此约瑟夫·格尔并没有感觉特别的懊恼，相反，这个注重实际的人觉得自己得到了巨大的好处：一是他有了一次意料之外的旅行，和他的登月计划相比，这一次更让他新奇，并且，他还可以向旅行局提出申诉，他的登月计划将仍然有效；二是他有了两次离开地球的旅行，至少一次是免费的，无论如何，旅行局都无法从他的身上收取到这个不知名星球上旅行所需的费用。约瑟夫·格尔笑了起来。他正要起身，却发现自己被一些细细的绳子绑着，在他的周围，有一些大约拇指大小的小人正围着他。他来到了小人的星球，他成了小人的俘虏。不知道他是不是看过那本《小人国》，他肯定没有看过。要是他看过，那么他肯定知道，如果他敢挣断那些绳索的话，马上就会招来箭如雨下。可怜的约瑟夫·格尔，他最好乖乖地躺着别动。

　　当然，他还可能遇到另一种意外，失事的飞船降落
在一个巨大的山谷里。约瑟夫·格尔会后悔自己有这样
的一个登月计划，同时，他也会后悔自己为什么非要从
飞船里出来。他陷入了月乳之中，其实，那并不是月
乳，而是一种外星昆虫的分泌物。它很黏。有着一股特
别的气味。约瑟夫·格尔想把自己的腿从那些令人恶心
的黏黏的分泌物中拔出来，可是已经晚了。晚了。一些
巨大的外星昆虫正顺着约瑟夫·格尔的气味迅速地爬
来，它们有锋利的牙齿，有粗壮的黑色的大腿，有红色
的眼睛。在好莱坞一些旧影片里外星昆虫的眼睛是黑色
的，其实不对。实际上只要相差一点我们就会远离真
相，就像昆虫眼睛颜色的问题。可怜的约瑟夫·格尔，
在那一刻他根本不会想什么真相的问题，他要面对他自
己的困境，他得考虑自己如何改变才能够躲过外星昆虫
的牙齿。他可以把自己变成石头。他可以让自己变成空
气。他可以让自己变成和外星昆虫一样的昆虫……可
是，他不能。

　　再一种可能是，某个有些近视的空姐把一直睡着没
有在月球上面走下飞船的约瑟夫·格尔当成了一个堆放
太空垃圾的包裹，在飞船离开月球之后，她将约瑟夫·

格尔推出了飞船，约瑟夫·格尔在一群旧铁片、塑料袋、吃剩的太空食品、生锈的椅子和大堆安全套、卫生纸、一本撕掉了封面的图书之间，慢慢地飞行在空中。

NO. 4：

约瑟夫·格尔来到了月球。这一点不容置疑。他住进了旅行局给他指定的房间。那是一个非常漫长的夜晚，任何渲染都不会过分，因为约瑟夫·格尔实在太累了，这一点，任何经历过长途旅行的人都可以理解，何况，约瑟夫·格尔到的是月球。在他醒来的时候那两个人告诉他，你已经睡了四十七个小时。

——你们是谁？你们怎么进入的我的房间？我睡着的时候你们一直在么？约瑟夫·格尔惊讶地张大嘴巴，从任何一个角度都能看到他的黄牙。他可能还有口臭，腮腺炎，牙龈出血，前列腺炎和冠状动脉硬化，那是约瑟夫·格尔个人的事。

他们不管这些。他们告诉约瑟夫·格尔，他已经被捕了。这两个人其中的一个还告诉他，他们吃了旅行局送来的早点和午餐。

——为什么？我又没有什么过错。约瑟夫·格尔和他们争吵，我才刚刚来到月球……"你要是没有过错我们找你干吗。你自己好好想想。"那两个人其中的一个，矮个子的那个，他悄悄地向约瑟夫·格尔提示，月球上的法律和地球上的法律有差别，二者之间的差别在有些条款上还很大。"你自己去想吧。反正我们有的是时间。"

从那天开始，那两个人就像约瑟夫·格尔的影子，就像约瑟夫·格尔的尾巴，就像约瑟夫·格尔自己。他们监听约瑟夫·格尔的所有电话，监视他的一举一动，包括吃饭，睡觉，上厕所。从那天开始，约瑟夫·格尔每日醒来，他就开始思考：1. 自己到底做错了什么；2. 如何摆脱这两个粘在他身上的人。据我所知，在地球上时，约瑟夫·格尔可不是一个愿意思考的人。不过，到月球上就不同了。这样的遭遇让他不得不想。

NO. 5：

对于约瑟夫·格尔来说，这次计划的月球旅行应当出现什么艳遇。不是么，男人们对于艳遇总是期待，特别是在一个陌生的环境中。一个陌生的环境是容易出现艳遇的，至少，它具有土壤，水分和空气，只是看有没有种子。一般来说种子并不是十分的缺少。约瑟夫·格

尔会在月亮上遇到三个美丽无比的女人。她们美得让人
着迷。在约瑟夫·格尔看到她们时她们正为谁更美而争
吵，约瑟夫·格尔的到来给了她们一次寻求判断的机
会。约瑟夫·格尔拿到了一个烫手的金苹果，他面对的
是三个人，可只有一次选择的机会。无论是谁。经过相
当痛苦的交战后，约瑟夫·格尔把苹果给了左边的那个
女人，那个有魔力的女人。于是，在月球上，他恢复到
壮年时的体格，拥有旺盛的精力与卓越的性能力，他拥
有了一个叫海伦的妻子，拥有了一个又一个幸福的晚
上；但同时，他也不得不随时准备迎接种种灾难的降
临，不得不在每天晚上月光升起的时候就开始新的逃
亡。逃亡的疲惫和恐惧紧紧地跟着他，磨坏了他的脚
趾。磨坏了他的力气。磨坏了他对海伦的爱和性欲。他
开始悄悄地后悔把金苹果给了左边的那个女人，也许给
中间的那个或者右边的那个更好；他开始悄悄地厌恶起
他爱过的海伦，是她，把他引入了连绵不绝的疲惫和恐
惧中。约瑟夫·格尔的坏脾气渐渐地显露出来，他酗
酒，摔打东西，和海伦争吵，也不知道他想要制造什
么……

NO. 6：

月光如水。月光就像一种白色的天鹅绒。月光就像月光。约瑟夫·格尔站在窗前看风景，月球上的风景是：对面的窗口。对面的窗口正被一头黑如乌木的头发所充满，它像瀑布一样垂下来。"好像是一些头发从那边的窗口里伸出来，"约瑟夫·格尔想，"好像应当给它来点什么，好像应该用一个吻或什么的粗暴地来它一下。"对面的长发扰乱了约瑟夫·格尔的夜晚，在月亮上，夜晚和白天连在一起，要是不仔细看，你根本无法将它区别开来。"我想我是爱上她了。虽然，我还不知道她是谁。"约瑟夫·格尔爱上了那个有着长发的美人，朝思暮想。他忘了刷牙，忘了上网，忘了给我们打电话。"我想我是爱上她了。虽然，我还不知道她是谁。"

这并不是什么难题。约瑟夫·格尔很快打听到，那些长发归一个高高的黑发美人所有，她叫白雪公主，她的身上长着许多的美人痣。她的肌肤像雪一样白。知道这个女人是谁不是难题，但这不等于约瑟夫·格尔的艳遇会因此一帆风顺，因此没有难题。难题往往在后面，在你准备把某个计划真正实施的时候，它就会突然地变成石头。约瑟夫·格尔要想实现他的艳遇，必须：1.

和白雪公主建立某种联系，以便有接近她的机会，要知道，白雪公主很少能够出门； 2. 向白雪公主展示他的魅力，可是，要知道，约瑟夫·格尔在地球上一直对女人很难构成吸引； 3. 战胜保罗，他一直冒充王子； 4. 战胜那七个矮个子，白雪公主是他们的情人，她在他们那里充当着家庭主妇的角色……约瑟夫·格尔准备的斧子或许能派上用场，可是，他拿着斧子进入白雪公主的房间，是不是会使他的行为具有盗窃、强奸或杀人未遂的性质？

为此，约瑟夫·格尔愁眉不展。许多的夜晚他都只得对着窗口自慰，"我就想要白雪公主那雪一样白的屁股！"他得抓紧时间了。因为，月亮马上就要转到太阳的背面去了，那样的话，至少有十五天的时间约瑟夫·格尔要面对的是一片黑暗。

欲望在某种程度上，和受打击的程度成正比。

NO. 7：……

NO. 8：……

八

约瑟夫·格尔在月球上会遇到什么？他是为了遇到什么才到月球上去的吗？他一定要到月球上去吗，他到月球上的目的是什么？到月球上生活或者旅行，这有特别的意义么？有意义又怎么样？约瑟夫·格尔会把意义当成快乐吗？约瑟夫·格尔希望把他的旅行变得有意义还是变得快乐？他会不会期待什么奇遇？奇遇会到来吗？奇遇会不会让他的生活变得曲折，他愿意自己的生活充满曲折么？他到月球上也许仅仅是为了让自己感到新奇，就像他到日本的富士山，中国的长城一样？他会把那些层出不穷的石头当作新奇么？多久以后，他就会感到厌倦？也就是说，约瑟夫·格尔对一件事物保持新鲜感的时间会有多长？他会在月球上变得孤独吗，会不会比在地球上更加孤独？孤独是他个人的情感呢还是一种公共的情感？孤独和不孤独之间具体的区别是什么？

月光到达地球的时间大约为三秒。那么约瑟夫·格尔在这三秒里做什么？他在这三秒钟里存在么？还是，他早在这三秒之前就存在，只是我们看不到？我们抬头看月亮的时候当然看不到约瑟夫·格尔，无论他在正面还是反面。那么，我们看不到的约瑟夫·格尔存在么？在他的存在里，有没有多种的可能性？

约瑟夫·格尔会不会在月球上一直待下去，一直待到他进入死亡？死在月球上是一件有意义的事么？是一件快乐的事么？是一件难过的事么？约瑟夫·格尔在月球上是不是会忘记一些什么事，他忘记的那些事会不会使他的体重变轻，还是，所有的事都没有重量，他忘了什么也不会对他的体重造成影响？约瑟夫·格尔会期待他的死亡么？像他这样的人，想没有想过死亡这样的事？……

约瑟夫·格尔要到月球上做什么？或者不做什么？你期待在他的故事中，出现什么样的惊奇，还是，根本就不对这个故事有所期待？你打算看完它么？

九

9 月 30 日，具体的时间是晚上，再具体一点，是 9

月 30 日晚上 8 点 30 分：这是格林威治时间，那时我特意看了一下手表。那时约瑟夫·格尔正在给某个人打电话。他可能是打给迈克，但下午的时候他已经和迈克见过面了，昨天他们也见面了。不过他还是可能把电话打给迈克，一个人的反复有反复的理由，这是个人的事。透过玻璃透出的灯光我看见约瑟夫·格尔在打电话。我站在不远处。我看见了约瑟夫·格尔窗子上的玻璃，它们显得非常光滑。约瑟夫·格尔一边打电话一边挥动着他的左手，仿佛他的左手上粘着一只虫子，或者是一只螃蟹抓住了他的手。我看见约瑟夫·格尔家的玻璃，我看着看着它就碎了。

也不知是谁打碎的。也不知道打碎他玻璃的那个人出于什么样的目的。一个黑影落在了玻璃上，它就碎落下来，就像堆起的多米诺骨牌，被抽出了最下面的一张。

我急忙在约瑟夫·格尔走出来之前躲到一个暗处。他看不见我。虽然不是我打碎的他的玻璃，可在这一时刻我在他的窗子下面出现总让我无话可说。"别动。他看不到我们。"在我背后有个声音。我听不出他是谁。

十

　　玛格丽特·乔尔大妈，我们也许应当叫她玛格丽特·乔尔女巫才对。叫她玛格丽特·乔尔侦探才对。她努力让自己显得更像一个幽灵。她购买了一本介绍日本忍术的书，购买了黑色的练功服，一把竹刀，铅笔，白色的钉子，毒药。她甚至想要用性来吸引约瑟夫·格尔，使他犯下无话不说的错误。

　　然而这对约瑟夫·格尔根本无效。玛格丽特·乔尔大妈失败了。其实她的失败是必然的，这个满脸皱纹的难看的老太太，她要是不用性来吸引约瑟夫·格尔的话或许她还真能得到点什么，"约瑟夫·格尔是一个性冷淡的人，是一个性无能的人。是一个性变态者⋯⋯"

　　我想也许不是。就不是。

十一

　　我得到了约瑟夫·格尔的一张购物表。不过它团成了一团，而且有些破损，里面的内容相当繁杂，其间没有什么联系，至少是我看不出来。罗列它们没有什么意义，算了吧。

　　诗人房龙还让我看了他的一首新作。他现在总是这样，来到我的家里，神秘地拿出他的诗，但不会马上拿给我看。他等待我来问。在我的家里，我不能不问。

　　"你又写了和月亮有关的诗？"

　　"是的，"他抬起头来，是的，他说，他又低下头去，看着他手里的那几张纸。没有丝毫情绪影响到他眼睛里的那种黑色。"你写的是什么？"这时，他就拿给我看。

　　我想在月亮上居住的人

　　我想在月亮上居住的人。

我的一个邻居最近到了那里。他成了月亮的一部分。

　　就像蚜虫是菜叶的一部分，他在那里生产垃圾，吃掉月亮上面的光。

　　他总是不洗脚，他把这个习惯带到了月亮上。

　　不过，月亮有足够的大，一时，他还不会让月亮发臭。

　　我想在月亮上居住的人，不只是想他，还想其他的人。

　　那些早于我的邻居到来的居民。他们已经习惯在月亮的冷里面生活，他们的血会不会变成蓝色。

　　会不会，有个青年人，向地球的方向用力，

　　他想把手中用过的安全套甩出月球，借以毁灭他堕落的证据。

　　污染，污染。月亮正在丧失它的诗性。像我的邻居

　　他从不写诗，从来都不。他的鼾声像雷，

　　现在，他把睡眠搬到了月球上，可没有把梦想带来。

　　……

　　"我写得怎么样？"

　　"好。就是好。"

"那我明天把我新写的再拿给你看。"

"不不不，要是你没有时间或者……"

十二

那天约瑟夫·格尔和玛格丽特·乔尔大妈发生了争吵。在他们之间，这应当是早晚的事，它的到来只是个时间的问题，我想要不是约瑟夫·格尔所有心思用在他的旅行计划上的话，它早就应当到来了。他们站在门口上争吵。他们在阳光下争吵。他们在下午的四点二十分至四十分之间争吵。他们的争吵相当好笑，在我看来，约瑟夫·格尔像一只企鹅，而玛格丽特·乔尔大妈则像一只斗败的鸡。我一直看到他们之间的争吵结束。我在远处，所以他们争吵的内容我听不到，但我可以想得到。脾气有些暴躁的约瑟夫·格尔推了玛格丽特·乔尔大妈一下，于是争吵得以结束，玛格丽特·乔尔以一副战败的姿态，一副虽败犹荣的姿态逃出了约瑟夫·格尔的院子。

"这个＊＊人！"约瑟夫·格尔说。他的话里有种族歧视的成分。

　　那天的争吵对约瑟夫·格尔的计划构成了影响，毫无疑问，它对约瑟夫·格尔构成了打断，构成了部分的中止和停滞不前。但它不会对约瑟夫·格尔登月的整体计划构成影响，即使他少做了什么，在那一天我们的邻居都会登上前往月亮的飞船。那它打断了什么呢？干扰了什么呢？它会对约瑟夫·格尔的心情、决定、欲望，产生什么样的影响？

十三

　　我们终于见到了乔伊斯。他不是在 11 月 12 日才出现的，他早于约瑟夫·格尔的计划。他和我们一样。我的意思是，他和我们想的不一样，让约瑟夫·格尔如此看中的人不应当像我们这样平常，可他是。只是他略略有些秃顶，他用周围的头发掩盖着自己的秃顶，不过喝多了酒之后他就不再注意这些了。他说他和约瑟夫·格尔是多年的好友，他们曾在一起干过许多不大不小的坏事，后来他们参加了炮兵团。他只说了这些。后来他和约瑟夫·格尔一直在谈大炮，抛物线，射程。仿佛他们在谈世界上最有趣的事。仿佛他们谈的是，世界上最美的女人。

那天玛格丽特·乔尔大妈也在被邀请之列，我没有想到她会到来。她仍然像一个女巫。那种让人生疑的黑色。让人恐惧的黑色。她在黑色中不小心摔倒了，一杯有强烈气味的咖啡洒了出来。

十四

我们再一次聚在哥德小广场上。我们来看月亮。距离约瑟夫·格尔完成他的登月计划的时间越来越近了，月亮似乎距离我们也越来越近了。

在我的眼里，月亮就挂在那儿。它的周围围绕着一些细小的星星。可事实是，它是一个相当大的星球。那些细小的星星则更大。我的眼睛欺骗了我，虽然这样的欺骗并无恶意。眼睛对我的欺骗是经常的事，特别是对那些距离太远的事物，它只捕捉光，而不是事物的本身。一个已经死去的恒星也许几万年之后才能被我的眼睛看见。它带给我们的感觉是,它活着,而且活得很好。月光到达地球的用时大约三秒,也就是说,我看到的是三秒前的月亮,它的光和月球上面的事件已经发生过了。

我看小广场上的月亮:而不是我家院子里的月亮。不是格林大街上的月亮。不是地中海上的月亮。不是阿尔卑斯山上的月亮。不是李白的月亮。不是卡尔维诺的月亮。不是布尔加科夫的月亮。很多的时候我只能说出不是,而不是:是。说出"是"来太难了。

房龙在小广场上拉着琴。他拉得一手好琴,这是我以前所不知道的。同时,也是我没有想到的。我没有想到的事还有很多。听着,我觉得他的诗其实也不错。他所有给我看过的诗,至少,不像我原来以为的那么糟。玛格丽特·乔尔大妈也来了。她显得无精打采,看上去好像正在经受高血压或者什么疾病的折磨。她还有内分泌失调。乔斯·格尔也来了,他还是一个秃顶,在月亮的下面仍然是这样。卡特·乔森来了。还有一些人,他们处在阴影中,我无法看清他们的脸。他们来了。和我一样,来到了小广场。这次约瑟夫·格尔也来了。他看上去很好。他看上去正在按照他的计划一步步进行。

我对约瑟夫·格尔说，因为你要去月球，我们觉得
月亮和我们亲近了好多。或许有一天它会真的接近我们
地球，我们只要一座梯子就能够到它。我们可以爬上梯
子去月亮上看我的邻居。我们可以在月圆的晚上，到月
亮上去和你打卡尔斯特桥牌。那时我们根本不用点灯，
仅仅用月亮的光就足够了，它可比灯光强多了。等到了
后半夜我们再下来，那时，月亮就会向略远的地方转
去，我们就和你告别，你继续月亮上的生活，我们继续
在地球上。我会和你说，"一个月后再见。"我们一定能
战胜乔斯·格尔和卡特·乔森的组合，卡特·乔森的牌
打得太臭了，到月亮上去打也不会比现在更好。

"真有意思，"约瑟夫·格尔笑了，"你真有意思，
在我们这些邻居中，你是最有意思的一个人。"

十五

约瑟夫·格尔的麻烦：他在一周内去了三次旅行
局。从他的表情可以看得出他很不愉快，他可能在他的
计划中遇到了什么麻烦。一个不顺利的计划。一个有了

麻烦的计划。不知道发生了什么，是具体的什么环节出现了问题，譬如某些可有可无的证明，譬如到月球的相关手续，譬如携带物品登记和管理，譬如约瑟夫·格尔未能通过去月球必要的体检？他看上去没有什么妨碍旅行的病。牙龈出血不能算在内。我们只能看到约瑟夫·格尔有了麻烦的表现，可是我们谁也无法猜测他遭遇的麻烦的具体内容，他把麻烦的形式表现了出来，但没有表现麻烦的内在部分。我和卡特·乔森以及房龙都想到了玛格丽特·乔尔大妈，但是她在和约瑟夫·格尔有了争吵之后就再没有打听什么有关约瑟夫·格尔的消息。

"要想了解约瑟夫·格尔所遇到的麻烦，只有你去和他谈一谈了。我们可不是想干涉他的生活，我们只是出于关心。"房龙对我说。"我们只是，不希望他遇到什么麻烦。并且，我，我们都希望能够给他提供可能的帮助，如果他愿意的话。"

……

约瑟夫·格尔看来是真的遇到麻烦了。那些天他的生活全乱了，我这样说是因为他完全没有按照他的时间表来安排他的行程，他整个人都处在一种焦虑和烦躁之中。他在下午出去的时候竟然踢翻了院子里的花盆。那

里面有 一株中国杜鹃，据说它是约瑟夫·格尔太太活着的时候最喜欢的一束花。晚上，不是很晚的晚上，一个穿蓝制服的年轻人走入了约瑟夫·格尔家的院子，他是旅行局的职员。过了一会儿那个青年人就出来了，他骑上放在约瑟夫·格尔门外的超音速摩托，飞快地从我的眼睛里消失。约瑟夫·格尔狠狠地关上了房门，他家的门发出了很大的声响。月光在他家的门外，他用力的时候那些月光受到了震动，它们似乎被摔碎了，至少是出现了裂痕。

约瑟夫·格尔遭遇了什么麻烦？

他会遇到什么样的麻烦呢，不能解决？

我是不是需要，为了帮助他解决他所遇到的麻烦，而放弃某些个人的原则，或者，我的原则根本就不存在，我只是利用它，只是让它显得存在？

十六

"诅咒世界并非是一种对世界的恰当反应。"

唐纳德·巴塞尔姆， 1931 年 4 月 7 日生于费城。他十岁那年决心当一名作家。 1953 年他应征入伍，当他到达韩国后，从飞机上走下来的那一天，美国和朝鲜签署了停战协定。唐纳德·巴塞尔姆三十岁时成为休斯敦当代艺术博物院的馆长。他曾在《位置》杂志做过执行编辑。 1989 年 7 月唐纳德·巴塞尔姆因喉癌去世。在他生命中的最后二十七年里，他与第四位妻子马里恩·诺克斯一起生活在纽约的一栋住宅里，这栋住宅坐落在格雷斯·佩利住处的对面，处在圣文森特医院和一家有名的意大利馅饼店之间。

十七

"诅咒世界并非是一种对世界的恰当反应"，可是，可是，处在麻烦中的约瑟夫·格尔应该怎么做呢？要他说他一生中遇到的天气？说他所养的花和热带鱼？说这是命运的安排？说他早上吃过的牛排，以及咖啡中是不是没有放糖？

他也承认，诅咒世界并非是一种对世界的恰当反应，可是——

十八

　　约瑟夫·格尔在旅行局填写了许多的表格。他参加了升月智力考试，体能考试，以及月球行事规则的考试。他参加了月球交通法规考试，可是在月球行事规则中注明非月球公职人员不得使用交通工具。他和三十一个准备去月球的人对月球地理进行了竞答。他填写了个人财产情况，亲属工作情况，个人社会交往情况，有无情人的情况，她们的个人情况和家庭情况，有无心脏病史，有无血液病史，有无皮肤病史，有无性病史……他还参加了测谎检验。

　　现在，我的邻居约瑟夫·格尔对月球旅行局来说几乎是一个透明人，他们掌握了他的几乎所有情况。可是，他却无法在旅行局那里得到更多，除了到月球的最后时间和他需要交纳的费用。约瑟夫·格尔在旅行局填写的最后一张表格是一张责任表，那里面说，月球旅行局只负责将约瑟夫·格尔送到月球，到达月球后的全部生活所需约瑟夫·格尔必须自己准备，旅行局对此无任何责任；到月球上的一切生活服务都由约瑟夫·格尔自己和月球管理局协商解决，旅行局对此无任何责任；在月球上如果约瑟夫·格尔的生命遭遇什么危险，出现疾病，或者其他的什么意外，都得约瑟夫·格尔自己解决，旅行局对此无任何责任。

我看到了约瑟夫·格尔的那些表格。这不是通过玛格丽特·乔尔大妈得到的，而是，约瑟夫·格尔拿给我看的。他不得不承认，他遇到了麻烦，可在众人的面前他还必须保持那种对他的计划的表面热情。"你是一个值得信任的人，"约瑟夫·格尔说，"我现在只信任你，现在，我连自己也无法信任了。"

约瑟夫·格尔说，"我不想去月球了。我讨厌去月球，甚至讨厌别人和我谈什么，月亮。"

约瑟夫·格尔说："你得替我想想办法。"

在我看过了约瑟夫·格尔所拿给我的各种表格之后，我发现他已经没有别的事可做，他只得为登月继续准备，在他签下的协议中他给自己断掉了退路。要不然，他就得为自己的违约损失一大笔钱，他就得为自己的违约负相应的责任。

约瑟夫·格尔有理由诅咒世界，尽管诅咒世界并非是一种对世界的恰当反应。他是一个粗枝大叶的人。他对自己陷入麻烦之中感到懊丧不已。

我当然可以为他提供帮助。这是我所愿意的。我和他一起，我们为他到达月球后可能的遭遇做好一切准备，我们先设想可能的困难，然后再找出解决办法。这样，约瑟夫·格尔如果要在月球上生活、旅行，他必须携带：

1. 一顶帐篷。一把铁锨。一只行军用的水壶，足够的水。……

2. 一张床。它可以折叠，与月球的地面得保持一定的距离，并且，要防止它陷入月乳之中。防止某种月球生物爬上床去。一瓶杀虫剂。……

3. 洗面奶。洗发露。力士香皂。……

4. 电话。备用电池。电脑，插头，多用开关。为了排遣寂寞，约瑟夫·格尔还可以带一个小型的游戏机。一些三级片光盘。一些有意思的图书。……

5. 鞋，袜子，黑色的蓝色的衬衣。棉衣。单衣。睡衣。月球上的冷暖会和在地球上有一定的差别，还是准备充分一点好。

6. 现金；信用卡。……

7. ……

　　如果在月球上发生瘟疫约瑟夫·格尔该怎么办？这样的情况不是不可能出现。我们已经经历过天花、鼠疫、霍乱、 SARS。病毒会在月球那样的环境中很快地发生变异，成为一种不知名的新品种。所以，约瑟夫·格尔还必须携带：洗手液、消毒剂、口罩、防护服、维生素C、 B1、 B2；乙丙球蛋白、卡尔匹林。

　　为了应付月球管理局可能的检查，约瑟夫·格尔要把护照，财产证明、个人信用证明、个人健康证明、病史证明、到月球旅行许可证、飞船船票保管好。这是为了避免约瑟夫·格尔陷入 K 那样的境地。当然，这是一件旧事，但我不能不重提。当年， K 想到一座城堡里谋求一个土地测量员的差事，那时他还有城堡发给他的任职信件。就是如此，城堡还是因手续上的事以及其他的种种理由把 K 拦在了城堡的外面， K 只得住在一个小镇上，他一生不懈努力却至死也未能进入城堡。在月球上，约瑟夫·格尔也许会因为某个手续或某个证明的丢失损坏而被困在什么地方。对于任何的可能，我们都得做最坏的打算。

如果约瑟夫·格尔在月球上的邻居是一位虔诚的宗教人士，为了体现约瑟夫·格尔对于宗教的尊重，和邻居建立起良好的关系，他得准备：《圣经》《金刚经》《道德经》《三字经》《易经》《美眉必杀经》……

战争也许会在月球上出现，这很有可能，有人类的地方没有战争就会让人难以理解。那么，约瑟夫·格尔就得采取必要的手段来保护自己。他要有一支手枪，一支步枪，一支激光枪，一支原子枪。一件防弹衣，预防辐射的药品和眼镜。一个离子安全罩。一个心跳测定仪。卫星精确定位装置。这些，约瑟夫·格尔必须在地球上办好持有证明，并且要及时地到月球上办理相关更换的手续。

要是约瑟夫·格尔在月球上有了一个两个三个情人，而其中的一个有梅毒，艾滋病，或者传染性肝炎怎么办？他要带有足够的安全套，清洗剂，抗生素。要是到了月球上约瑟夫·格尔发生性功能障碍怎么办？服用脑白金、伟哥、咖啡致幻剂。要是在一个相对较短的时间里约瑟夫·格尔没能找到理想的情人，而他的问题需要解决怎么办？他要携带美国产的性爱波芘小姐。法国产的卡蒂拉尔娃娃。日本的……

如果约瑟夫·格尔在月球上遇到这样的情景……他则要准备……

对我来说这是一项有乐趣的工作，它具体到约瑟夫·格尔则明显不同。我们用三天的时间列了整整二十四页纸的单子，上面全部是约瑟夫·格尔需要准备的物品。在购买到第十二页的时候，约瑟夫·格尔的房间里、院子里已经堆满了，它们有四吨重。而更重的物品还在后面的几页。

十九

约瑟夫·格尔在看月亮。

他一个人。

他坐在一把椅子上，不，是蹲在椅子上，他在看月亮。

他没有去哥德小广场。他一个人蹲着。

他一遍遍地看月亮。不知道他看见了什么。

他打开了一瓶水。也许是酒。

约瑟夫·格尔在看月亮。

后来他从椅子上下来了。他看见了躲在暗处的玛格丽特·乔尔大妈，他对她说，我要去撒尿。

就是这些。

二十

卡拉莱特收到了约瑟夫·格尔的一张贺卡，那时，卡拉莱特仍然在医院里，他的脚不得不和层层的绷带继续纠缠。"约瑟夫·格尔的祝福让我有了一个好心情，"卡拉莱特说，"他的贺卡具有药物的疗效。具有收藏的价值。这是一个将要离开我们到月球上去的人写的，而且是，写给我的。我和这个人曾经是邻居。"

约瑟夫·格尔送给卡特·乔森一把法国式摇椅。他知道卡特·乔森喜欢躺在摇椅上听音乐，一边听一边摇晃。他知道卡特·乔森的旧摇椅已经坏了，卡特·乔森一直想有一把法式摇椅，就像他家里有的那种，可就是没有买到。他知道卡特·乔森过于肥胖的体重对他的摇椅会造成负担，于是，他对摇椅的腿进行了加固。这可是细心的人做的事。要知道约瑟夫·格尔是一个粗枝大叶的人，一直是这样，他留给我们这样的印象，但在去月亮之前，约瑟夫·格尔显得有所改变。

里尔收到的礼物是一幅乔朋卡斯的抽象画。据里尔说，他不喜欢绘画，从来都不，无论是谁的画，无论是哪一个画派的。"那他为什么要送我一幅画呢？是说我的生活需要艺术？是让我建立和绘画之类艺术的联系？还是，他无法将这样的画带到月球，而随便地将它丢给某一个人，我恰恰成了那一个？我这样想我的邻居是不是有些不道德？""不过，我还是高兴约瑟夫·格尔能送我礼物。我觉得我会学会喜欢绘画的，就像我喜欢看光碟一样。我会的。不过我可能得先喜欢照片才行。""乔朋卡斯是个大画家么？他的画是不是值很多钱？我不是这个意思。我是在想，我这个邻居在约瑟夫·格尔那里，是一个什么样的位置。"

玛格丽特·乔尔大妈收到的是一件白色的练功服。约瑟夫·格尔送她这样的东西有什么用意么？还是，根本只是随意的，随机的，无序的，他只是像里尔说的那样，把不能带到月球上的东西全部送出去？那他是不准备再回地球了？

晚上，我准备去哥德广场看月亮的时候约瑟夫·格尔找到了我。他把一盆花放在我的院子里。"这是我太太活着的时候养的。"他说。我说我知道。你太太是一个爱花的人。"不，"约瑟夫·格尔说，她只是出于嫉妒，她不能容忍卡特·乔森院子前面的花园里有那么多的蝴蝶而她的院子里只有臭虫和屎壳郎。"于是她买了许多的花。可是这些花没有给我们院子引来蝴蝶，我们的院子里还是只有臭虫和屎壳郎。"

我不知道该怎样对待约瑟夫·格尔送我的花。如果他承认他太太是一个爱花的人则是另一种性质。性质直接影响了花的颜色、美感和香气。许多时候，我在给花浇水的时候总感觉自己不是在给花朵浇水，而是，在给石头浇水。在给木材浇水。在给塑料浇水。其实，更确切地说我是在给嫉妒之花浇水——现在，性质又发生了变化。我也试着把花只看成是花。可是多数时候并不能。我总是在它的面前想起约瑟夫·格尔太太买花的性质。"负担太多的和它本质无关的东西会使它丧失原来的美。"

二十一

约瑟夫·格尔在看月亮。

他一个人。

他坐在一把椅子上，不，是蹲在椅子上，他在看月亮。

他没有去哥德小广场。他一个人蹲着。

他一遍遍地看月亮。不知道他看见了什么。

约瑟夫·格尔在看月亮。

房龙在看月亮。

卡特·乔森在看月亮。里尔在看月亮。我和乔斯·格尔在看月亮。玛格丽特·乔尔大妈在看月亮。月亮让我们看得有些……怎么说呢？它有了变化。它已经变化了许多次了，看来它还要继续变下去。

我们也没有去哥德小广场。我们悄悄地出现在约瑟夫·格尔家里。我们没有和他打招呼。谁也没有。我们只是来了。现在，距离约瑟夫·格尔登月计划的最后期限越来越近了。他和我们，这些邻居在一起的时间不多了。

后来，约瑟夫·格尔从椅子上下来了。他走过来，和我，卡特·乔森用力地拥抱了一下，我以为他要说些什么的，他可能要说，谢谢朋友们。或者，我们一起喝一杯。或者，我们打一会儿桥牌？或者，我会想你们的。

他的确说了。不过，他说的是，我要去撒尿。

二十二

升月倒计时：距离约瑟夫·格尔到达月球的最后期限还有十天。

升月倒计时：距离约瑟夫·格尔到达月球的最后期限还有七天。

升月倒计时：距离约瑟夫·格尔到达月球的最后期限还有六天。

升月倒计时：距离约瑟夫·格尔到达月球的最后期限还有五天。

时间让约瑟夫·格尔坐卧不安。他觉得自己坐在了时间的针上。时间让约瑟夫·格尔变得多愁善感，他发现自己以前忽略了太多的事，做错了太多的事，而现在，他只能一错再错下去。而且，他几乎是第一次真正地去面对时间，他第一次思考"时间"这样的事。以前，约瑟夫·格尔根本不用去想什么时间。他只要九点钟去上班，十八点下班就是了。这一个粗枝大叶的人，在他距离自己的计划即将实现的时候，开始纠缠起时间来了。

"我觉得，一个人一生真不该订什么计划。"约瑟夫·格尔说。

他把这句话对我们几乎每个人都说了一遍。

二十三

NO. 31：约瑟夫·格尔费尽周折，终于把他重达二十一吨的行李运到了飞船航运中心。他在汗水中等着。他看上去有些焦急，有些忐忑，有些……他在复杂的心情里等着。他查看了一遍自己所带来的各种证件、表格、证明，给旅行局打了三次电话。飞船航运中心里空空荡荡，飞船还没有来。起飞的时间已经过了。

大约有一千辆超音速摩托从约瑟夫·格尔的面前驶过去。在一千零一辆之后，有一辆摩托在约瑟夫·格尔前面停了下来。那个蓝制服递给约瑟夫·格尔一份文件，"你的登月旅行已经被取消了。我们对此深表遗憾。具体的原因我们无可奉告，不过你可以选择下次再乘坐我们的飞船，我给你的文件上面有下一次飞行的具体日期。"

不等约瑟夫·格尔有任何的反应，那辆超音速摩托车已经绝尘而去……

好在，它只是我的一个想象，我把它存在了我的文档中。它和约瑟夫·格尔的登月计划以及实施没有关系，它只是我个人的，想象。想象和现实之间存在关系，但它们的关系不是非常的确定，有时还会恰恰相反。

在我记下它的时候，距离约瑟夫·格尔到达月球的期限还有最后一天。

李浩主要创作年表

• 一、小说

《如归旅店》（长篇），《十月》2010 年 5 期

《镜子里的父亲》（长篇第一部），《十月》2012 年 5 期

《镜子里的父亲》（长篇第二部），《十月》2013 年 2 期

《父亲的七十二变》（长篇童话），《作家》2016 年 11 期

《那支长枪》（短篇），《人民文学》2000 年 1 期

《闪亮的瓦片》（短篇），《人民文学》2000 年 1 期

《碎玻璃》（短篇），《人民文学》2004 年 2 期

《贮藏机器的房子》（短篇），《人民文学》2002 年 2 期

《等待莫根斯坦恩的遗产》（中篇），《人民文学》2008
年 1 期

《童话书》（短篇 3 篇），《人民文学》2012 年 7 期

《爷爷的债务》（短篇），《人民文学》2011 年 9 期

《一个国王和他的疆土》（短篇），《十月》2011 年 6 期

《记忆的拓片》（短篇三题），《十月》2008 年 6 期

《蹲在鸡舍里的父亲》（短篇），《十月》2002 年 4 期

《三个国王和各自的疆土》，《十月》2002 年 4 期

《乌有信使，和海边书》（短篇），《花城》2012 年 3 期

《飞过上空的天使》（短篇），《花城》2008 年 3 期

《他人的江湖》（短篇），《花城》2004 年 3 期

《夏冈的发明》（中篇），《花城》2010 年 3 期

《生存中的死亡》（短篇），《北京文学》2000 年 9 期

《旧时代》（短篇），《上海文学》2005 年 10 期

《蜜蜂蜜蜂》（短篇），《上海文学》2006 年 12 期

《一个下午的火柴》（短篇），《上海文学》2004 年 2 期

《贮藏在体内的酒》（短篇），《钟山》2007 年 2 期

《英雄的挽歌》（中篇），《钟山》2003 年 1 期

《古典爱情》（短篇），《山花》1998 年 5 期

《父亲简史》（短篇），《山花》2012 年 7 期

《为了，纪念》（中篇），《山花》2010 年 2 期

《失败之书》（中篇），《山花》2006 年 1 期

《A城捕蝇行动》（短篇），《山花》2009 年 9 期

《夏冈的发明》（短篇），《山花》2005 年 11 期

《灰烬下面的火焰》（短篇），《山花》2008 年 4 期

《拿出你的证明来》（短篇），《山花》2000年2期

《寻找一个消失的人》（短篇），《解放军文艺》2002年1期

《鸽子飞翔》（短篇），《解放军文艺》2001年1期

《贮藏的药瓶》（中篇），《作家》2008年4期

《队长的自行车》（短篇），《中国作家》2012年2期

《邮差》（中篇），《青年文学》2009年8期

《一次计划中的月球旅行》（中篇），《青年文学》2006年9期

《被噩梦追赶的人》（中篇），《大家》2006年1期

《树叶上的阳光》（短篇），《大家》2007年6期

《告密者札记》（中篇），《大家》2008年4期

《说谎者》（中篇），《大家》2008年1期

《李浩新作》（两篇），《大家》2009年6期

《我们的合唱》（短篇），《芙蓉》2008年5期

《将军的部队》（短篇），《朔方》2004年10期

《哥哥的赛跑》（中篇），《小说界》2009年3期

·二、评论

《变形记，和文学问题》，《名作欣赏》2012年12期

《创造之书，智慧之书》，《小说评论》2011年1期

《有关幽默的ABC》，《中国图书评论》2009年5期

《河流与土地，现实与追问，想象与飞翔》，《中国作家》
2011 年 6 期

《天藏与小说的智慧》，《文艺报》2011 年 9 月 6 日

《一个人的战争》，《文艺报》2011 年 11 月 21 日

《乔叶写作的个人标识》，《文艺报》2012 年 9 月 10 日

《写给无限的少数》，《文艺报》2012 年 3 月 16 日

《站在写作者的角度》，《文艺报》2012 年 2 月 16 日

《天藏与小说的智慧》，《文艺报》2011 年 9 月 6 日

《七根孔雀羽毛：向日常发问》，《文艺报》2011 年 3 月 16 日

《在日常琐细中发现》，《诗林》2009 年 4 期

《歌者部落》，《诗歌报》1994 年 10 期

《徐则臣：心里树起经典的塔》，《文学报》2008 年 2 月 21 日

《经验写作的困局》，《文学报》2008 年 1 月 17 日

······

· 三、诗歌

《小于或等于一》（组诗），《花城》2005 年 4 期

《李浩诗三首》，《钟山》2011 年 4 期

《箫：睡与醒之间》（外一首），《诗刊》1994 年 11 期

《小小的清晨》（外一首），《诗刊》1995 年 10 期

《想想一天思念的开始》,《诗刊》2005 年 5 期

《不是》,《诗刊》1998 年 2 期

《悬浮》(外一首),《诗刊》1999 年 11 期

《那个人》(外一首),《诗刊》1998 年 9 期

《一点点的声音》,《诗刊》1998 年 8 期

《向高处攀升》(组诗),《解放军文艺》2000 年 12 期

《站在高岗上》(组诗),《解放军文艺》1999 年 8 期

《李浩的诗》(组诗),《诗选刊》2006 年 10 期

《李浩诗选》(组诗),《诗选刊》2003 年 10 期

《简单的抒情》(组诗),《诗神》1998 年 12 期

《大海风》(组诗),《诗神》1996 年 11 期

《诗二首》,《诗神》1997 年 12

《吟唱》(组诗),《诗神》1995 年 7

《诗歌：走在路上》(组诗),《诗神》1997 年 8 期

《乡间》(组诗),《诗歌报》1998 年 4 期

《今夜昙花》(组诗),《诗歌报》1994 年 4 期

《紫色陶罐》,《创世纪》1994 年夏季号

《秋天里飞走的鸟》,《创世纪》1993 年秋季号

《新民谣：谁谁歌》,《星星诗刊》1998 年 8 期

......

·四、作品入选

《无处诉说的生活》（中篇小说），《小说选刊》2004 年 10 期

《告密者札记》（中篇小说），《北京文学·中篇小说月报》2008 年 8～9 期

《被噩梦追赶的人》（中篇小说），《北京文学·中篇小说月报》2009 年 3 期

《说谎者》（中篇小说），《北京文学·中篇小说月报》2008 年 3 期

《邮差》（中篇小说），《北京文学·中篇小说月报》2009 年 9 期

《将军的部队》（短篇小说），《新华文摘》2004 年 24 期，《名作欣赏》2008 年 8 期，《新世纪获奖小说精品大系》

《童话书》（短篇小说），《中华文学选刊》2012 年 9 期

《镜子里的父亲》（短篇小说），《走失的风景——70 后作家小说选》

《等待莫根斯坦恩的遗产》（中篇小说），《世界的罅隙——中国先锋小说选》，《2008 文学中国》

《父亲树》（短篇小说），《八行书——中日青年作家作品

精粹》

《在路上》(短篇小说),《守望先锋——中国先锋小说选》

《碎玻璃》（短篇小说），《2004 年最佳小说选（点评本）》,《回应经典》,《21 世纪中国文学大系·2004 年短篇小说》

《飞过上空的天使》(短篇小说),《2008 中国最佳短篇小说年选》

《失败之书》（中篇小说），《2006 中国小说排行榜》,《2006 中国中篇小说经典》

《鬼魂小记》(短篇小说),《21 世纪主潮文库·全球华语小说大系》

《旧时代》(短篇小说),《2005 中国短篇小说经典》

《那支长枪》(短篇小说),《粉红夜——〈人民文学〉新小说》《（李敬泽）一个人的排行榜》

《一只叫芭比的狗》(短篇小说),《2007 中国小说（北大选本）》

《发现小偷》（短篇小说），《21 世纪中国文学大系·2005 年短篇小说》

《英雄的挽歌》(中篇小说),《2003 中国中篇小说经典》

《阅读》(随笔),《新语言读本·高中卷》,《2005 中国

随笔年选》

《一只蚂蚁和它被改变的命运》（散文），《2004 文学中国》

《爷爷的"债务"》（短篇小说），《2011 中国短篇小说精选》

《今夜昙花》（诗歌），《2006 年中国诗歌精选》

·五、出版

《谁生来是刺客》（小说集），21 世纪文学之星丛书，作家出版社 2003. 1

《侧面的镜子》（小说集），花山文艺出版社 2009. 1

《蓝试纸》（小说集），台湾秀威出版社 2009. 9

《如归旅店》（长篇小说），金城出版社 2010. 10

安徽文艺出版社 2017. 4

《父亲的七十二变》（儿童文学），安徽少儿出版社，2017. 6

《阅读颂　虚构颂》（评论集），花山文艺出版社 2013. 9

《父亲，镜子和树》（小说集），新星出版社 2013. 3

《告密者札记》（中篇小说集），中篇小说金库，花城出版社 2013. 5

《镜子里的父亲》（长篇小说），北京十月文艺出版社 2013. 11

《变形魔术师》（小说集），安徽文艺出版社 2015. 9

《果壳里的国王》（诗集），花山文艺出版社 2015. 8

《封在石头里的梦》（小说集），北京十月文艺出版社 2018. 1

《在我头顶的星辰》（评论集），凤凰文艺出版社 2018. 1

《灰烬下的火焰》（小说集），花山文艺出版社 2017. 8

《乌有信使与海边书》（小说集），敦煌文艺出版社 2016. 1

《将军的部队》（小说集），上海文艺出版社 2013. 8

《消失在镜子后面的妻子》（小说集），花城出版社，2016. 5

· 六、获奖

短篇小说《那支长枪》，获河北省第九届文艺振兴奖（2001 年）。

短篇小说《旧时代》，获河北省"年度优秀文学作品奖"（2005 年）。

短篇小说《将军的部队》，获第四届鲁迅文学奖（2007 年）。

河北省第十一届文艺振兴奖（2008 年）。

河北省"年度优秀文学作品奖"（2004 年）。

长篇小说《如归旅店》，获第九届《十月》文学奖（2011 年）、河北省"2010 年度优秀文学作品奖"（2010 年）。

短篇小说《爷爷的"债务"》，获第九届《人民文学》奖（2011 年）、第三届蒲松龄全国短篇小说奖（2012 年）、河北省"年度优秀文学作品奖"。（2011 年）

中篇小说《牛朗的织女》，获第七届《滇池》文学奖。（2010 年）

短篇小说《那天晚上的电影》获第一届"都市文学双年奖"（2012 年）。

长篇小说《镜子里的父亲》，获河北省首届孙犁文学奖（2015 年）。

短篇小说《消失在镜子后面的妻子》，获第三届《作家》"金短篇小说奖"（2016 年）、第十一届庄重文文学奖（2009 年）。